你好吗,我是李蕾。

日月若流,诗卷依旧,

让我们一起走进诗意人生。

扫 码 畅 听

"李蕾讲经典"百余本书籍
领取后可畅听 14 天

扫 码 收 听

15首精选诗词朗诵音频

LILEI READING

李蕾讲经典

THE CLASSICS

春山可望

十首诗词讲透一个人

李蕾 著

昨夜又东风，故国不堪回首月明中。

雕栏玉砌应犹在，只是朱颜改。问君能有几多愁？恰似一江春水向东流。

王维 ○一

《辛夷坞》

木末芙蓉花，山中发红萼。
涧户寂无人，纷纷开且落。

李商隐 ○四五

《锦瑟》

锦瑟无端五十弦，一弦一柱思华年。
庄生晓梦迷蝴蝶，望帝春心托杜鹃。
沧海月明珠有泪，蓝田日暖玉生烟。
此情可待成追忆，只是当时已惘然。

辛弃疾

《破阵子》

醉里挑灯看剑,梦回吹角连营。八百里分麾下炙,五十弦翻塞外声,沙场秋点兵。

马作的卢飞快,弓如霹雳弦惊。了却君王天下事,赢得生前身后名,可怜白发生!

李清照

《一剪梅·红藕香残玉簟秋》

红藕香残玉簟秋,轻解罗裳,独上兰舟。云中谁寄锦书来,雁字回时,月满西楼。

花自飘零水自流,一种相思,两处闲愁。此情无计可消除,才下眉头,却上心头。

李煜

王维

味摩诘之诗,诗中有画;观摩诘之画,画中有诗。——苏轼清朝诗人徐增在评价唐代诗人时说："吾于天才得李太白，于地才得杜子美，于人才得王摩诘。"可见唐朝的大诗人，绕不开李白、杜甫、王维这三个人。

李白是天才，被称为"诗仙"，可望不可及，你看他的句子就会倒抽一口冷气，感叹想象之精妙。杜甫是地才，被称为"诗圣"，他忧国忧民，普通人虽难以承受其重，但也非常佩服他。王维是人才，被称为"诗佛"，他对待生活的态度其实跟普通人更为接近，也为我们现代人提供了一种"人间值得"。

王维活了61岁，他的父亲是做官的，官不太大，就是司马一类。他的母亲姓崔，对王维影响极大。崔氏是一个虔诚的佛教徒，王维的名字是她起的，名维，字摩诘，合起来是维摩诘，这是佛教中一位著名的居士，以洁净、没有污染著称。冥冥中，王维的命运好像就和他的名字契合在了一起。

讲王维，我挑出他的十首诗，也希望能够展现王维最与众不同的特点——他的禅意。骆玉明老师有一本书叫《诗里特别有禅》，我们会结合这本书来讲透王维接近禅意的人生。

曾经有人问我，如果嫁给诗人的话，你选谁？我就在苏东坡跟王维之间犹豫不决了很久，但是想想，王维起点真的高。他长得好，玉树临风；多才多艺，诗写得好，善于画画，精通音乐，书法也有很深的造诣。而且王维还烧得一手好菜。他15岁到了京城，很快才华就难以掩盖，所有人都知道他。21岁就考中了进士，当上了朝廷的太乐丞。

重阳节，每个人都会重温《九月九日忆山东兄弟》，这就是王维的作品。

九月九日忆山东兄弟

独在异乡为异客，每逢佳节倍思亲。

遥知兄弟登高处，遍插茱萸少一人。

这首诗我们都学过。写下这首诗的时候，王维才17岁，震动文坛，大家都说这就是才子的风姿。当时王维是一个人出去"北漂"，打引号的北漂，因为当时他漂在哪呢？就是洛阳和长安之间。

重阳节这一天，一个少年思念故乡的亲友，写下这首诗。"每逢佳节倍思亲"是千古名句，所有的中国人一旦思乡，一旦想家，可能都会用这句话来表达自己的情绪。

这首诗通俗易懂，但有几个点值得讲讲。《九月九日忆山东兄弟》，"九月九"就是重阳节，古代以九为阳数，所以九月九就是重阳。那山东兄弟是在山东的兄弟吗？是烟台的，还是青岛的？都不是，诗里的山东并不是今天的山东省，山东兄弟其实是山西兄弟。王维是蒲州人，即现在的山西永济。当时把函谷关或华山以东地区称为山东，而蒲州恰恰属于这个范围，故而王维在诗中将身在故乡的兄弟称为山东兄弟。

还有"遍插茱萸少一人"，"茱萸"是一种名为"草决明"的香草，古代的时候人们认为重阳节佩戴茱萸可以避灾、可以驱邪，所以会在重阳登高望远时，戴好藏有茱萸的香囊爬到山顶，还会分食花花绿绿的重阳糕。古人重阳登高，极目远眺时是要许愿的，我们现代人也可以效仿古人做法，在重阳这一天站在高处许个愿。也许是企盼颜值越来越高，也许是希望身高越来越高，或者是盼望事业步步高，总之都是美好心愿的寄托。

读诗，首先要体验到音乐美，即诵读时的音调和节奏。那这首诗怎么读?

第一句,"独在异乡为异客"。第一个字"独"就尤为重要,声音不能太高,否则"独在异乡"就很假。"独"包含些许压抑、深沉的感情,甚至发音可以微微颤抖。接下来两个"异","异乡""异客"轻重不能一样,理解这首诗后,"独"是有层次的。"异乡"就是一种怅然的表达:我已经在别人的地方,"异客"则加重这种漂泊感:我在人家眼里也是别人。强烈的孤独感在"独"字的表达下层层渲染,所以轻重要略有不同。这种情感和体验,每一个背井离乡的人都不陌生。

"独在异乡为异客",此时所思所想的又是什么呢?饭菜、方言,甚至家里的枕头,全都是细节。王维写这首诗时也不过十几岁,还没有成年,他15岁就出去"流浪",在当时的社会背景下,交通特别闭塞,人们过着相对封闭的生活,往来比较少,翻过一座山,风土人情、语言习惯、饮食就有很大的差异,所以远行的人就有那种强烈的找不着归属的感觉。

王维在平淡的叙述里表达了这种感觉,我身在异乡,但是感情却是很强烈的。平时忙,也许就想不起来了,今天闲下来,恰是人间佳节,是亲人们团聚的日子,人家每一家都热热闹闹的,但我独自一人,以至于思乡之情一发不可收拾,所以这句写得非常自然和质朴,他的感受真切,就很具有代表性。前面这两句就是艺术创作中的直接法,没有迂回,直接就到了核心,"独在异乡为异客,每逢佳节倍思亲",好精彩。

下面怎么接呢?王维接下来的两句就转折了,从直抒胸臆转折到联想。"遥知兄弟登高处",我家乡的兄弟们现在在干什么呢?他们应该登上高山,然后身上佩戴着茱萸,非常快乐。但是"少一人",就是亲人在遍插茱萸的时候也应该发现,还少了一个我王维,我在思念他们的时候,他们也刚好在思念我。这种感情的呼应就非常深厚,而且毫不费力。这首诗的精彩就在于它的质朴和深情。

开元九年,王维走马上任,他做了一个官叫太乐丞,官职不大,从八品下,但是它挺重要的,是朝廷负责礼乐方面事宜的官员,所以有很多机会跟王公贵族们接触。

这个时候的王维,意气风发,又是个才子,负责音乐舞蹈,所以你想这种文艺气质是很浓的。但这个官没做多久,王维就因为手下伶人舞黄狮子(这只能在皇帝面前演出),获罪被免去官职,调任济州司仓参军,就是管理租调、公廨、仓库等仓谷事务的官员。

王维在济州度过了四年被贬的时光,整天无事可做,就去结交隐士,老想着出海。明明人生刚开始,他就说"纵有归来日,各愁年鬓侵",说你看我这头发都快白了,可见他对未来还是很绝望的。人登得高,跌得重,又是少年时,那种内心的压力可想而知,仿佛突然之间,原本顺遂的人生一下子泥泞起来。

四年以后,王维自以为看破红尘了,他的罪责也免了,王维辞去了官职,开始了人生中的第一次隐居,有点像我们如今流行的说法——躺平。可是躺平之后,他没有说我就躺着不起来了,他很快又回到了繁华的长安城。我比较欣赏这种做法,躺平不是完全放弃,只是要喘一口气。

现在的年轻人也会这样,让我喘一口气,想一想我究竟喜欢什么,我要做什么,我要到哪里去看看。王维就这样在长安闲居了几年,他开始研习佛教,给精神找个寄托。无所事事是不行的,总要有点事情做。做什么呢?王维开始旅行,开始交友,就在这个时期他结识了写"春眠不觉晓"的孟浩然,"王孟"并称山水田园派的代表诗人。

这个时候,王维有了第一个重要的改变。从凌云壮志到平常心,王维的生活方式逐渐"心平气和",他不再锋芒毕露，也不再到处炫耀。登山涉水，寻幽探胜，或去道观佛寺，或去拜访高人，每次都是兴尽而归，就在这种畅游中，大自然的灵韵一点点慢慢进入到他的世界，之前的郁结之气也慢慢地散尽。所以有的时候如果遭遇到生活的重锤，去看看山，去看看水，去放空一下，未必不是一个纾解的好方法。

但是，命运并不想放过王维。

开元十九年，王维遭遇到了特别大的变故，和他患难与共的妻子因为难产而死。他跟妻子的感情非常好，中年丧妻，也没有孩子，王维一下子就跌到人生的谷底，他痛哭，形容枯槁。为了纪念他的爱情和他的妻子，此后王维一个人单身生活三十年，终身没有再娶。至情至性的王维在经历丧妻之痛后，又是如何治愈自己呢？

千古以来，文人的终极理想就是入朝为官，造福一方，治国安邦。作为传统的文人士大夫，王维也不例外。纵然官场崎岖，但这团火没有熄灭过。家庭遭遇变故，他就开始专心地做事业。在他三十四岁那一年，开元二十二年，他专门到洛阳去毛遂自荐，给当时的中书令张九龄献了一首诗，表达"我要做官"的意愿。

在唐朝，选官的制度要么就是科举，要么就是有人提拔推荐。张九龄非常欣赏王维的才华,第二年就给他任命了一个官叫右拾遗。什么叫拾遗?就是一个谏官,皇帝有什么做得不好的,谏官来说一说。

成为右拾遗后,王维的事业心一下子高涨起来了,但是毕竟经历过人生的跌宕起伏,他的性格还算比较成熟,在形形色色的人物之间也进退有度,始终独善其身。

宋代人张戒评价王维,"出则陪岐薛诸王及贵主游,归则餍饫辋川山水"。意思是说王维只要在朝廷为官,会在王公贵族的身边出入;可是,他离开朝堂回到家,就是游山玩水。他也不去站队,不掺和朝廷上的是非恩怨,不结党营私,所以跟谁都保持不远不近的距离,跟每一个人的关系都处理得比较融洽和妥帖。

这是王维做人的智慧,在中国人处世哲学中亦可作为一个参考的范本。王维至情至性、重情重义,同时他还很有担当,是一个能扛事的人。

好,既然你能扛事,命运很快就给了王维一次大的考验。开元二十五年四月,公元737年,中国历史上发生了一件大事,张九龄被贬出京,贬至荆州做长史,历史上著名的奸相李林甫登场了。张九龄跌入谷底,一般情况下,原本围绕在他身边的人难免焦虑,纷纷地想会不会牵连到我？我应该离他远一点吗？这个时候我应该怎么办？张九龄对王维有知遇之恩，但现在曾经高高在上的这个人倒霉了，那王维怎么做呢？

他做了一个非常大胆的举动，写了一首诗——《寄荆州张丞相》。明明张九龄这个人已经被贬到荆州了，你怎么还能叫他丞相呢？王维用这诗名就表达了自己的态度。诗中愤慨激昂，"举世无相识，终身思旧恩"。豪迈吧！我终身都会念着你对我的恩情，我跟你的情谊是不会改变的，不管你处于什么样的位置。当时李林甫集团正在清算张九龄身边的这些人，满朝的文武都不敢站出来替张九龄说话，王维在这个时候敢站出来，性格中这种豪侠重义的一面就表现出来了。

我曾经看过有人画王维，就是把他画成腰配宝剑的一个少年郎君，其实没错，他确实是有侠气的。因为这件事的牵连，王维又一次靠边站了，这一年秋天，王维以监察御史的身份奉使凉州，并任河西节度使判官。在当时，这样的调动意味着赶出核心政治势力范围，你远远地流放吧。

王维在河西生活了一年多的时光，这反而给了他一个机会，让他写出了一系列的边塞诗。出发的时候，他写了一首叫《使至塞上》，非常豪迈的一首诗。

使至塞上

单车欲问边,属国过居延。
征蓬出汉塞,归雁入胡天。
大漠孤烟直,长河落日圆。
萧关逢候骑,都护在燕然。

是不是有点耳熟?"单车欲问边",意思是轻车前往。那去哪儿呢?"属国过居延",居延在现在的甘肃张掖的西北边,在当时是非常远,很荒凉的地方。"征蓬出汉塞,归雁入胡天",这一句里,王维以飞蓬和大雁自比,说我就像那个随风而去的蓬草一样,被刮到哪里是哪里。不过这种飘零又有"新生"之感,到了边关,我又像那振翅北飞的大雁一样,进入了胡天,这里未尝不是新的一方天地。

此时。王维并不是很丧,依然是感觉我有使命,虽然激愤,但不抑郁。接下来是被近人王国维称为千古壮观的名句,"大漠孤烟直,长河落日圆"。小时候我读这两句并没有觉得它特别好,只是形象。大漠里面,只见一束孤零零的烟升起来,笔直朝上。落下来的日头非常圆,画面很开阔。这种画面感,只有等你真的到了沙漠里面去,才会感同身受,你就会发现除了这两句，确实没有更精准的句子来表达眼睛里看见的景象。只有在没有任何风的地方，那个烟才会笔直朝上，只有在视线没有任何阻挡的地方，你才会看到一个浑圆的落日，非常雄浑，也非常苍凉。

最后两句，王维写他到达边塞，"萧关逢候骑，都护在燕然"，"骑"这个字曾经有一个读音念 jì，意为一马一人，后来统一都念 qí 了，他说在这里我没有碰到将军，而是来了一个侦察兵，骑着马的侦察兵告诉我，首领正在燕然的前线。王维在边塞找到了自己的人生价值。一方面他远离朝廷的是非，心胸就非常开阔，"长河落日圆"；另一方面，到了塞外之后，那种将军血气、金戈铁马感染他，建功立业的情绪愈发饱满，他会看到直线般的狼烟在长河尽头，落日也给了他无限的灵感。

在这一年多里，王维的创作很丰富，留下了四十多首边塞诗。王维一生中曾经两次出塞赴边，第一次就是我们讲的被贬，第二次他是奉命出使榆林郡，也是在开元年间，具体什么时候，历史已经没有记载了。王维的边塞诗大多写于这两个时期，简单来说可以分为三种类型。

第一类叫亲历边塞诗。纪实体的，就像个记者一样,我到了这个地方,我看见了什么,听说了什么,心里面是怎么想的,所以这类诗有一点新闻性,也非常形象。《使至塞上》就是这一类。

第二类叫送别边塞诗。从古至今,离别就是一个伤感的话题。佛教说人生八苦,其中有一苦就是别离。在古代车马也不方便,好朋友之间一旦分离,有的时候此生都不一定能够见面了,所以这是一件很重大的事情,王维写下了最深情的送别诗。

送元二使安西

渭城朝雨浥轻尘,客舍青青柳色新。
劝君更尽一杯酒,西出阳关无故人。

朋友要走了,筵席已经进行了很长一段时间,酒喝过好多轮了,告别时一直叮嘱你不要太累,要保重身体,要多来信,有什么事要告诉我,这已经来回说了很多遍,分离的时刻终于来到,那就举杯相送,说再喝一杯酒吧,你出了阳关就再也碰不到故人了。一句看似脱口而出的告别语,但是其中的感情非常强烈和真挚。

第三类叫虚拟边塞诗,它指的是什么呢?有一些人其实没有去过边塞,他也没有朋友在边塞,但是他看了很多书,对边塞有一定的了解和想象,他也写边塞诗。这个就属于基于真实生活的一种艺术虚构,王维有一首诗《观猎》,大概就这个意思,它很难和某一具体的历史事件对接,也不一定是王维亲眼目睹,但是他把所有有关边塞的细节放在了一首诗里。

> 观猎
>
> 风劲角弓鸣,将军猎渭城。
> 草枯鹰眼疾,雪尽马蹄轻。
> 忽过新丰市,还归细柳营。
> 回看射雕处,千里暮云平。

这是王维前期的边塞诗,描写了一个将军打猎时候的情景,我个人特别喜欢,尤其是"草枯鹰眼疾,雪尽马蹄轻"一句,我还抄写在本子上,带着女儿来读,人应该有这种开阔的境界,你可以用鹰的视角来看大地,如奔马那样感受雪融草青。

这首诗的最后这一句,"射雕处"也是有一个典故的。《北史》记载,斛律光去打猎,看见一只大鸟,他就拉弓射鸟,正好射中鸟的脖子,那只鸟就像车轮一样从空中旋转而下,掉下来一看是一只雕,有人就说,"此射雕手也","射雕手"就变成了一个典故,形容这个人是武艺特别高强的英雄。

所以这最后一句"回看射雕处,千里暮云平",尽是意气风发,刚健雄浑,飒飒英雄气,又区别于"大漠孤烟直,长河落日圆"悲壮苍凉。但他都是写英雄,你读了以后,会不再执着于那些小情小调的事,会觉得这个天地是壮阔的。或许,金庸的《射雕英雄传》也从这个典故里得到过灵感。

找到个人的位置,并不是一件容易的事。从边塞回到长安,王维已经快40岁了,他接了一个职位叫知南选。这个官职是干什么的呢?《旧唐书》卷五《高宗本纪》记载:"(唐高宗上元三年),八月壬寅,置南选史,简补广、交、黔等州官吏。"意思是当时在岭南的桂州治所(今广西桂林市)增设了一个临时铨选官员的机构,由朝廷派一个五品以上的官员代表吏部来执掌铨选大权,同时再派一名监察御史或侍御史执行监督之职。王维就是以监察御史兼补选史的身份来执行监督之职的,虽没什么实权,但在接受铨选的官员眼中,也是个重要角色。这意味着王维要出一趟长差,当时到岭南多困难。

得到这个职务，王维非常高兴，他就是喜欢到处去看看，这一下直接"公费出门"。他从长安经过襄阳、夏口，一直南下到岭南，这一趟长差也给他带来了非常多的写作素材。这中间发生了一件大的事。

在经过襄阳的时候，王维知道自己的老朋友孟浩然在这里，他特别高兴，想着要故人重逢，就去拜访孟浩然。可是到了那，却意外地得到孟浩然已经过世的消息。这对王维来讲是晴天霹雳，他黯然神伤，写了一首《哭孟浩然》，并且根据自己的回忆画了一幅孟浩然的画像挂在刺史亭里，后来这个亭子就因此改名叫浩然亭，现在还能看得到。

《哭孟浩然》，在王维的诗里面，不算是特别有禅意的，但非常有真情。

哭孟浩然

故人不可见，汉水日东流。
借问襄阳老，江山空蔡州。

老朋友我再也见不到了，可是这条汉水依然每一天，滔滔不尽地往东流，那请问一下襄阳的遗老，现在何方呢？江山依旧，我能跟谁再游一次蔡州呢？这首诗一点都不华丽,它动人心魄的地方全在于真情。

读了这首诗,如果我们再来写作文,就会知道漂亮的句子、华丽的词藻不一定是最重要的,甚至你可以一个形容词都不用,只要有真情能够表达出来就足够了。明末清初的时候,黄宗羲在《黄孚先诗序》中说:"情者,可以贯金石动鬼神。"这件事使王维的性格有了一次非常大的改变。

王维自此更理解了无常,人从长安被贬到边塞,这只是身体的移动,可是有一天,你的这个肉身就会突然之间不见了。自此王维开启了逍遥游。庄子《逍遥游》中特别重要的两个点,一个叫无限,一个叫自由。一个不懂得无限的人,是不会拥有自由的。王维开始重新塑造自己,他的诗作风格从这开始有了一个转变。

在王维40岁之后的几年时间,他的官运还算是比较平稳的,一点一点地在升,不过基本都是闲官,倒也清静。大概44岁的时候,王维干了一件事,在西安终南山东北麓一个叫辋川的地方,买下了老乡宋之问的一栋旧别墅并加以改造,还把母亲接到这里照料。同时开始研习佛法,过上了半官半隐的生活。

在王维50岁的时候,他的妈妈崔氏过世了,他"丁母忧",服重孝不出门,住在了辋川。这一下王维彻底地独善其身了，为什么这么讲？他没有了父母，没有了婚姻，也没有子女，他只有一个人，如同一只没有线的风筝，那要怎么过呢？生命如果太轻，没有任何的牵挂，那人要怎么找到自己的价值，人要怎么知道我是热爱这个世界的呢？

王维一生最美的诗都写的是辋川，所以他最真挚的恋情，是跟山水的恋情。辋川在西安东南蓝田境内，陈忠实先生写的《白鹿原》的故事，就发生在这里。王维在这里写过很多很多的诗句。比如山中下了一场雨，他说"明月松间照，清泉石上流"；不下雨，他说"山路元无雨，空翠湿人衣"；无所事事的时候他说"松风吹解带，山月照弹琴"；感到有点孤单的时候他说"独坐幽篁里，弹琴复长啸"；思念故人的时候，他就静静地"倚杖柴门外，临风听暮蝉"。

自从懂了王维，我就觉得辋川两个字非常诗意，它美，这美是不朽的诗歌赋予它的。辋川是一座山谷和一条河流，距离西安大概有50多里，如果开车从蓝田的中心往南也有10多里，途中经过少许的村落，离开平坦开阔的平原，进入到一道绵长的山谷之中，这就是辋川。

辋川的山路非常狭窄，开车一会上一会下。路边有"山体易滑坡,小心通过"的指示牌,另外一边则是陡峭的悬崖,瘦石嶙峋,顺着悬崖往下看能看到一条河缓缓地流淌,这就是辋水。

这几年我去过辋川好多次,我有一个建筑设计师朋友叫马清运,他用辋水里的石头和辋川的木头,在这里造了一座宅子,叫作"父亲的宅",获了世界建筑师大奖。辋川从王维的"雨中草色绿堪染"到李商隐的"蓝田日暖玉生烟",一路到今天。你看马清运也会住在这里,他在这里做玉川酒庄,然后召集朋友们来吃饭、聊天、出去看景。他甚至有一次跟我说:"李蕾,我们能不能在这个门前大荷塘做一场音乐会,我养上一百只鸭子,还有那些蟋蟀,有风吹过竹子的声音,然后你排一首诗词,我们划着小船,在这个荷塘的水面上,让所有的动物、植物、风声、雨声全部参与进来。"我当时听着特别来劲,就希望他多赚点钱,实现这个愿望。当然,这是另外一种生活方式。

在一千三百多年以前,王维从当年的长安一路骑马翻山到了辋川,然后再涉水而过,逆流而上,回到他的山居。在辋川,他写了很多的诗,还画画,成为后人无法超越的"佛系"诗人。

我觉得苏东坡评价得极好,说:"味摩诘之诗,诗中有画；观摩诘之画，画中有诗。"可见王维这个人是浑然一体，非常自然的。王维在辋川的好诗太多，我挑两首代表作，一首叫《辛夷坞》。

辛夷坞

木末芙蓉花，山中发红萼。

涧户寂无人，纷纷开且落。

什么叫作"木末芙蓉花"，如果你去看过辛夷花就会发现，这个花很奇怪，它像毛笔一样光秃秃的一枝杆，在笔杆的尽头有一个红颜色的骨朵，特别好玩。"木末"即木头的尽头，"木末芙蓉花"，它其实不是芙蓉花。这么美丽的花朵却开在这么荒凉、一个人都没有的地方。

一朵花开到最盛的时候没有被人看见，像不像一个女子最美的时候没有相爱的人在身边，但那又怎么样呢？王维说这个辛夷花自开自败，这是自然的本性，有没有人看，它都自满自足，一朵花完成了自己，这就是圆满的。它并不祈求有人来欣赏，就在这没有人迹、非常寂静的山涧中的陋室里面慢慢地开放，然后再哗一下地纷纷落下。

这就是禅的境界，用空寂的禅经来观照世界，这个世界，你看与不看我都在这里。这首诗塑造了一个非常好的意象——辛夷花，有人会拿它来作笔名，就意味着我是一个完满的生命，意味着我跟命运两不相欠，很具有禅意的。

王维还有一首很宁静和美好的诗——《鹿柴》。

鹿柴
空山不见人，但闻人语响。
返景入深林，复照青苔上。

这首诗我们小时候就学过，幽静的山谷里看不见人，只听见人说话的声音，落日的余光照耀在幽深的树林里，然后又照在幽暗之处那些细小的青苔之上。王维在诗里描述的就是鹿柴附近的空山森林在傍晚时分的景色。

小时候，只觉得这首诗特别美，朗朗上口。等你对禅有了一些理解，你越能体会到其中真味。禅其实是不可说、不可语、不立文字的，所以特别重要的是感受，是你悟到了什么。

寂静的空山里面没有人，但是你听得见人语的声响，一种空灵悠远的氛围就此营造。这就是悟的一个非常重要的起源。我们通过身边的一切的事物，通过说话、吃饭、穿衣、走路这些日常行为，来感悟生命的本质是什么，让自己能够活得更加安宁、洒脱。

那为什么王维能在这个阶段写出那么多的作品，也是因为他身边还有一个惺惺相惜的朋友，这个人就是裴迪。当年张九龄被贬的时候，裴迪还是个初出茅庐少年郎，同王维一般，裴迪也把张九龄当作自己的恩师和伯乐，两人意气相投，几乎形影不离。

王维到了辋川之后不久，裴迪也到这里来看朋友，他说这地方好，而且恰好你也在这里，所以他就在离辋川不远的地方盖了个房子，和王维一起游山玩水、饮酒作诗。

从现代人的视角来看，王维生活方式特别简单，他有一份工资可以糊口，有自己的房子，他远离人群，但身边有肝胆相照的好友。他和裴迪一起出去登山，出去过河，足迹遍布辋川，两个人发掘了辋川里面的二十个景点，为每一个景点都写一首诗，最后合起来成了一本集子就是《辋川集》。

他们都写了哪些地方呢？读来名字都特别美，《华子冈》《文杏馆》《鹿柴》《木兰柴》《白石滩》《竹里馆》《辛夷坞》等等，自此，每一处风景都有了属于自己的一个信物，就是王维写给它的诗——山水诗集。

王维在晚年的时候还画过《辋川图》，画在寺庙的墙壁上，后来这个寺庙毁于兵燹，原作也找不着了，我们现在看到的是后来临摹的版本。

应该说，王维大量的佳作都收到了《辋川集》里，但有一首非常有代表性的名篇并没有收进去，这首诗就是《山居秋暝》。抄写的时候一定要注意这个"暝"字，它是日字边，指的是黄昏，天色渐暗。

> 山居秋暝
>
> 空山新雨后，天气晚来秋。
> 明月松间照，清泉石上流。
> 竹喧归浣女，莲动下渔舟。
> 随意春芳歇，王孙自可留。

秋天的山景本就清朗，下过雨之后暮色渐浓，又有明月相照，周遭一切似乎都从繁华和喧嚣中脱出来，散发着淡淡的光辉。如同这个世界的内涵，它有宁静和纯洁的一面，倒也不显枯寂，月光在森林中投下斑驳的影子，清泉在山石上流动，这就是生命力。有了生命力，就有情了，有感情就听见竹林中有洗纱归来的浣女的嬉笑声，少女的声音一定是非常美的。荷塘里还有摇曳的渔舟，这些都像流动的音符一样，构成了一首乐曲。

在王维的诗作中，这首诗非常有代表性，骆玉明老师就讲，王维是禅者，是诗人，也是画家，你看他描绘的这个世界，它是美丽的、光滑的，你会觉得每个人都可以沉浸其中，就像你看到了一幅壁画，说我要能活在这个壁画里就好了，或者说看见一幅山水画卷，说我也想到那里去看看。所以最后这句"王孙自可留"其实是一个共同的心声，人需要诗意的栖居，他表达了人追求更好的理想图景。那这个更好对于王维来讲意味着什么呢？其实就是山居生活。其实王维也是一个纠结的隐士，我们也不能只看他"美好"的这一面，仅限于诗和远方的这一面。

当我们读了《山居秋暝》，再对照王维的生活工作方式，你立即得出一个结论，他并没有痛痛快快地归隐辋川，并不是挥剑斩青丝，从此以后我就不去上朝，窝在这里不动了。不同于要么积极，要么躺平的两极，王维的选择就是纠结。一次次地来到辋川，有时候喜悦，有时候忧伤；又一次次地离开辋川，每一次离开都恋恋不舍，不住地回头，但还是要离开。

王维的魅力在于什么？就在于非常真实。你看，人在面临选择的时候，都是觉得选了这个想要那个，选了那个又想要这个，特别不痛快，不断纠结，但王维没有回避这样的游离，反而为这种纠结赋予诗意。因而我后来再读这首诗，就一下子释然了，与我所有的患得患失、非常贪心又放不下的想法，都平静地和解。觉得心累了，咱就不要硬着头皮进取，歇下来喘一口气，挺好的。你看王维不就这么选的吗？退一步，暂时获得自由和平静，这口气喘上来了，怎么办呢？我就再出去看看，再去做做事、创创业、做做官、赚赚钱。

王维没有太大的野心，所以出去过一段时间，再回来喘喘气，这也是一种很美好的选择。王维每一次隐居待不到一年就会再出门，另谋出路。可是做官做得实在不开心，他就又回来了，找个与世隔绝的地方躲起来。到了中年以后，经不起太大的折腾了，不能够那么激进，于是王维选择辋川，就是一个完美的方式，随时后退一步，也不至于跟现实鱼死网破。假如在朝堂里，在人世间，在职场格子间里，实在非常疲惫非常忧愁，怎么办呢？回家躺平，用山水草木治愈自己。但也不废掉，觉得差不多了，再一次冲到外面去，迎接外界的凶险。

这首诗如果真的把它读通了,你会发现原来人可以有各种选择,躺平也是一种选择,这么想一想,其实年轻人有的时候间隔躺平一下,啃啃老,好像也并不是那么严重的事情。但重要的是你在躺平之后,你还得能够知道外面的世界有新奇的,能够带给我活力,带给我改变的一部分,不能因此就害怕,畏惧,从此躺平不起。

外面的世界的确凶险,唐玄宗天宝十四载十一月,安禄山造反,这一年王维五十五岁。如果说在公元八世纪,大唐帝国就是世界的政治、经济、文化中心,那么经历了八年安史之乱后,很多事情都改变了,很多人的命运都难以安放,随波逐流,发生了很大的断裂和改变。

天宝十五载(756)年六月的一天,天刚蒙蒙亮,街头巷尾就传来消息,唐玄宗李隆基带着杨贵妃和少数的大臣仓皇出逃,凶残的叛军马上就要攻进城了,长安城里面乱作一团,被帝王抛下的那些京官大部分都做了俘虏,这其中就有王维。王维怎么办呢?他不愿意被俘虏,他就吃药,有人说吃的是哑药,也有人说吃的是泻药,但想要装病逃跑,根本不可能实现。他被捕之后,看守他的人寸步不离,连他撒尿人家都站在旁边监视，为什么呢？

王维虽然官位不高，但名气特别大，在当时已经被称为天下文宗，所以安禄山需要他，需要这个人来装点门面。刀剑逼迫之下，王维就接受了安禄山给他的职务。

一次安禄山在洛阳的凝碧池寻欢作乐，有一位宫廷乐师叫雷海青，原先侍奉过梨园，见过玄宗，他忍不住内心的愤慨，认为安禄山是个贼子，演奏的时候，雷海青就把手中的乐器摔碎，然后向着唐玄宗的方向痛哭失声，结果被安禄山当场肢解，死得很惨。

裴迪在探望王维的时候，就把这个消息告诉了王维，王维听了以后内心大为震动，他就写了一首诗叫《凝碧池》。这首诗原来的名字非常长，叫《菩提寺禁裴迪来相看说逆贼等凝碧池上作音乐供奉人等举声便一时泪下私成口号诵示裴迪》。"菩提寺禁"就是说我被关在菩提寺里，软禁在这；"裴迪来相看"，裴迪来看我；"说逆贼等凝碧池上作音乐"，就是讲的雷海青的遭遇；"便一时泪下，私成口号，诵示裴迪"，这是说我口占一绝，告诉裴迪。这首诗是裴迪记录下来的。长长的诗名背后是有血有泪有情的小说。

凝碧池

万户伤心生野烟,百官何日再朝天。

秋槐叶落空宫里,凝碧池头奏管弦。

这首诗牵涉到了王维的命运。我们都知道,两年后安禄山兵败,大唐军队收复了洛阳长安,当年所有在安禄山时期当过官的人全部被抓起来,三百多人受审,王维又在其中。

这三百多人的命运是什么呢?有的被处死,有的被臀杖,还有的被流放。可是王维却安然无恙,而且官复原职,为什么?就是因为这首诗,裴迪解释说这证明王维是心向朝廷的,他不是逆贼的党羽,而且王维人缘好,大家都纷纷为他说情。所以唐肃宗就听取了众人的意见,放了王维。

自此以后,王维的官倒是越做越大了,最后一直做到了尚书右丞。他在58岁的时候上表,请求将辋川庄改为一个寺院,要为早前去世的母亲祈福,这个地方就是清源寺。这里其实可以看出王维已经无心在仕途上有什么大的发展了,只是他依然是文人的领袖,有事上朝,无事就还家,身在官场但是心在山水,清静心过日子,就常常会有欢喜。

对照一下，我们会发现王维真的提供了一个生活方式的模板，我们大部分人都没有办法决绝地脱离社会，"世界那么大，我想去看看"之后呢，你就再也不上班了吗？再也不工作了吗？不是。曾经有本书叫《空谷幽兰》，是讲比尔·波特在中国寻找隐士的故事。我还真的有几位朋友原来是编辑，后来跑到终南山去做隐士。可是隐了一段时间发现这也不行，又回到社会中。但后来还是觉得很难受，既做不到归隐，也没有办法在职场中如鱼得水，那怎么办呢？面对这种暂时无法排解的苦闷，王维的存在给我们打开了另外一个视点，他丰富了中国人人生道路选择的可能性。王维内心很自洽，他归隐也隐得起，同时又能融入世俗。接受必须接受的，改变可以改变的，放下应该放下的，就是王维的智慧。

王维还有一首诗也非常有代表性，可以体现王维这个时候所有的思想，那是在公元757年，就是王维57岁的时候写下的诗。这个时候的王维基本上走到了人生的薄暮时分，"日月不居，盛年难再"，他基本上是一个回头望的人了，看自己经历了这五十多年，历历分明，但是也是大梦一场。王维此刻官已经做得不小了，但是仕途对他没有任何的吸引力，他的老朋友张九龄、崔希逸、孟浩然接连去世，他的亲人们也都不在了，孤身一人住在终南山下，他终于写下了那首著名的《终南别业》。"行到水穷处，坐看云起时"，这首诗境界全出，它让我们了解了什么是禅，禅到底有什么用呢？

骆玉明老师《诗里特别有禅》有一个章节就叫"坐看云起时"，骆老师说王维诗歌中，融会了禅趣的作品非常多，比如说我们之前也提到的《鹿柴》《辛夷坞》，都是在描写景物的时候，突然延展开一点富有哲理性的象征，用力还是比较重的。但是他会让我们产生"原来这句子我都读过，这个字我也都认识，可是我没有像他这样想"的感觉，这就是一个顿悟的瞬间。

可是《终南别业》情况有所不同，它毫不费力，就是一首游山玩水的诗，非常具体地写了走到哪了，看见什么，跟谁遇见，读来特别亲切和自然。但这首诗，它反映了禅里面一个很重要的特征。在我看来。禅首先不是宗教，也不是哲学，而是生活方式和人生态度。那禅有什么用呢？我们来读这首五律。

终南别业

中岁颇好道，晚家南山陲。

> 兴来每独往，胜事空自知。
> 行到水穷处，坐看云起时。
> 偶然值林叟，谈笑无还期。

「春山可望」

全诗四十个字，字字禅意，澄澈空灵，为什么这么讲？我们先来解析一下意思。诗人说中年以后，我就有了比较浓厚的好道之心，但是直到晚年我才得以安家在终南山的边上，所以有一些事的相遇是需要一定的时间和阅历的，急不得，急也没有用。

王维每到兴致来的时候，就独来独往，到处游玩。有了一些赏心乐事，也不再希望别人都能够知晓理解。换成今人的状态就是我不发朋友圈，我也不刷屏，我也不希望别人都来关注我。自得其乐是他此刻的一种人生状态。那自得其乐，乐在哪里呢？漫无目的地走，走到哪里看到哪里，顺着一条水走，走着走着发现这个水到了尽头了，那怎么办呢？无路可走了，索性盘着腿坐下来，看天上的云万千变化，偶然在林间碰见乡村的老翁，就跟他聊一聊——你们家吃过饭了吗，家里几口人，多大年纪？聊着聊着就忘了回家，实在是很质朴简单的生活。

"行到水穷处，坐看云起时"，大概是中国古诗中禅意最为丰富，诗意最为美妙的佳句之一，它不仅仅是纪实，还是禅的态度，这里面有三重境界。关于行路，其实就是每个人人生的路，你看，人生的路有人说越走越窄，有人说越走越多，有人说越走越乱，总之就是觉得这行路是很难，我到底要怎么样过好这一生呢？诗中的行路它有三个参考的对象。

第一层意思，"行到水穷处"，阮籍，就是竹林七贤里面的一位，他驾着车在外面走，走着走着路不通了，就行到水穷处，怎么办呢？阮籍痛哭而返，因为他联想到人是多么艰难，走着走着就没路可走了。所以有一个成语叫作"穷途恸哭"，一种人生苦多，每每让人要掉下泪来的感触。

但这不是禅意，禅是怎么想的？禅的意思大概是说人世间本来就没什么路，但是你仍然要往前走，仍然要行动，因为生命的根本要素就是行动。你听过那本叫《等待戈多》的书吧，这故事你不太了解，但你一定听过这个词，这个戈多一直不可能来，这个人到底有没有都不知道了，我们为什么要等呢？实际上等待也是一个行动，等待不是不行动，它本身就是已在行动。所以人生不必非要有什么意义，没有意义的人生它照样是人生，而且没有意义你也会碰壁，只要行动就会碰壁，这就是禅的境界。它就是在讲，在对峙和紧张状态中的人生，其实你依然可以有选择。

那我们再来对照第二重，"行到水穷处"，如果换了陆游，他会非常飒地出场。陆游一直认为自己是个美男子，他写了一首诗叫《游山西村》，我们都熟悉，"山穷水复疑无路，柳暗花明又一村"，他跟阮籍就不一样了，他不会穷途恸哭而返，他非常乐观，"山穷水复"怎么办呢？你看，"柳暗花明"，我们还是有另外一条路走的，但这依然不是禅的态度，为什么呢？因为他虽然乐观，但是又固执，"山穷水复"就是固执，他的思维路径还是单线条的，就是这里没路了怎么办呢，我绕过去，那边还有一条路嘛，它就是曲折变化，依然是单线条重复。我这儿成功不了了，怎么办呢？我绕一条路，我还得成功，它依然不是禅的境界。

禅的境界是什么呢？我们来看第三条，就是王维"行到水穷处"，他"坐看云起时"，在你意想不到的地方落笔，"水穷"和"云起"是没有关系的事情，但这就是世间种种不可思议的变化，在看起来没有关系的地方发生了改变。我沿着这个水在走路，走着走着到了尽头了，走不通了，怎么办呢？我不走路了，我坐下来，看见云起，这也很开心。

如果坚持单线条的思维，你是不能够理解，说我跑着跑着怎么会坐下来看云呢，所以对比一下就发现，王维就比陆游要空灵得多。

《红楼梦》里面一个情节还记得吗？林黛玉教香菱写诗，她就跟香菱说你不要看陆游，看陆游就把人看坏了，她不喜欢陆游。她喜欢谁呢？王维。王维的诗里面体现的是什么呢？王维诗里的禅意广阔，富有生命的活力。首先你胸襟要阔达，你要顺应世界的变化，这叫随遇而安。你心安下来了，才能从这个变化中寻找到美好的东西。

如果说我今天出门，打了一把太阳伞，突然间下雨了，我就很生气，那就是不能够顺应世间的变化。晴天是好天气，难道下雨天就不是吗？王维就会告诉你说，你反正撑了一把伞呀，你听着那个雨点打在伞上叮叮咚咚的声音，不也觉得很美好吗？世界是美好的。为什么世界是美好的？因为我们自身是美好的。我们自身为什么是美好的？因为我们具有内在的禅意和诗性。当你有了诗性，生命一切的变化你都能看到新的生机，这样就能够把日子过好。

写到这里，你说这首诗怎么样结尾呢？王维也没有找到怎么结尾的方法，美到这种程度怎么收得住呢？

他说偶然遇到了一位老翁，就很高兴地跟他聊聊天，忘了回去的时间，结束了。这要干吗呢？他怎么不深刻一下呢？怎么不提升一下，都没有总结？

这就是禅，一切都没有事先的预设，没有事先的目标，也不要苦心地经营，随性漫游是偶然的，走到水穷处看见云起也是偶然的，遇见一个人很开心地聊聊天，忘了回家，也是偶然的。

怎么样理解这其中的禅机呢？每个人都各有体会。清代的诗评家徐增，他读这首诗就有一个观念，叫"无我"，他说"行到水穷处""去不得处，我亦便止"。就走到这，反正走不动了，怎么办呢？那我就停下来。倘有云起，我便坐而看云起，这就是无我，"坐久当还，偶值林叟，便与其谈论山间水边之事"，就跟人家聊天，聊着聊着忘了时间，那忘记回去也就忘记回去了，古人又不定闹钟。

于佛法看来，总是"无我行无所事"，就不要那么执着，把"我一定要做什么"放下，没有这个"我"，也就没有一定要怎么样，没必要用固执的态度来对待人生。这就是王维的想法。

一个诗人的心灵，可以认识到万物是无常的，你想想他去看孟浩然，到了那里才知道这个好朋友已经不在人世了，所以他住到了辋川。走着走着发现没路了，那就看云，在机缘凑巧的地方感受到人生的乐趣和事物变化的神奇。这就是王维的禅意。

也有人会问，李白是不是更洒脱？可以对比着来看，李白的确有和王维心意相通的那一面，但是很奇怪，在历史记载里好像李白跟王维并没有明确往来，同在一个城市里面似乎都没有见过面，共友很多偏偏没有什么交集。那是李白跟王维有什么过节吗？好像也找不出证据。但读李白的诗，我们就会发现，他不像王维这么温润，他不大耐烦，骄傲，脾气急，经常看不上人家，他不会用那种细致的手法来表现禅理，所以他对禅的表达就更加飘逸，没有牵挂，和王维《终南别业》这首诗精神相通的。

李白也有一首叫《山中问答》，"问余何意栖碧山，笑而不答心自闲。桃花流水窅然去，别有天地非人间"。这首诗就是一问一答，两个人聊天。李白在跟什么人说话，你为什么住在这，对方笑而不答，对方问为什么要笑而不答，就和王维说的"胜事空自知"的这种生活乐趣非常相似，就这种生活乐趣，像佛教里面的拈花微笑，我拿着一朵花微微一笑，你懂了，不用语言来描述，懂的人不用说出来，不懂的人你说了也没用。

禅是精神的解脱，也许你给自己扎了好多篱笆墙，把心灵层层封锁起来；也许社会给人定了很多的规矩，比如说你一定要到什么年龄做什么事，"你到现在了还不结婚，还不生娃，你看看人家"，这样的絮叨都叫羁绊。但当你从这些层层的封锁和不自在中，心灵解放出来之后，会发现很多所谓的道理，所谓的"我是为你好"，所谓的规矩都会被瓦解，显得没有那么重要了。

打破藩篱后，一个人就自由了，更广阔的空间展现在你面前。王维写"行到水穷处，坐看云起时"，他提醒说世事不可能万般如意的，但不如意怎么样呢？不要偏执，你可以随缘，用一个安静的活泼的心态来对待所有的变化，你才能够获得人生的乐趣。

王维就是这么做的，人生走到了暮年，他终于彻悟，也许前半段人生太顺遂了，少年成名，意气风发，以至于后面灾难一个连着一个，被牵连，被贬，深爱的妻子难产离世，没有孩子，仕途受挫，安史之乱，都飓风一样地引来，包括备受争议，他以为留得住的那些荣光名利，其实像细沙一样，连时间都在指缝里悄悄地流逝，终于不见。他以为那些压在心头的痛苦、悲愤是无穷无尽的，在黑暗中啃噬自己的心灵，却突然发现也随着时光的流逝慢慢地变得宁静，变得淡然。

一个人能够经历大江大海，之后归于澄澈，这才是真正的常和不变，才能够对抗无常带来的那些压力、郁闷和痛苦。王维做到了，兴致来了想走就走，兴致尽了想归就归，没有固定的目的地，走到哪里就是哪里，无路可走了，就把无路可走当作难得的风光，那无处可行了，就把这无处可行当作修行的高台。

王维做得到，我听了也非常仰慕，即使做不到王维这样，又怎么样呢？这也并不妨碍我们读王维的诗，理解他的诗，从这里面得到一点点的领悟，哪怕只有片刻的心灵宁静，也把我们自己的生命继续兴高采烈地往下过。能抓住的东西，我们就好好珍惜，那实在抓不住，也就抓不住了。

我们讲讲王维的结局。60岁那年，一个夏天，王维升任尚书右丞，这是他一生中做过的最高官职。新官才做了一年，他就上了一道奏折叫《责躬荐弟表》，说把我的所有的官职都拿走吧，我想要我的弟弟能够回到京师和我团聚。他的弟弟在哪里呢？在蜀地任职。

王维这个时候已经觉得自己年纪大了，想念着唯一的亲人，《九月九日忆山东兄弟》里面那个兄弟，也许就是他这位弟弟王缙。当年都是少年郎，如今呢？已经分隔多年，两鬓染霜，他很希望能够跟亲人团聚，皇帝准了。

七月份,他的弟弟已经走到了陕西的凤翔,很快就可以回到长安,结果王维没有等到,他与世长辞,就葬在辋川清源寺的旁边,这一年王维61岁。你说这就完了吗?我们再读一首诗。

相思

红豆生南国,春来发几枝。

愿君多采撷,此物最相思。

这首诗小孩子都会背,还朗朗上口可以唱出来,好多人把它当作爱情启蒙诗。但这首诗的原名叫《江上赠李龟年》,这不是王维写给爱人的,而是写给好朋友大唐第一乐师李龟年的。李龟年是什么人呢?那当然要从盛世长安城说起。

李龟年出身官宦世家,你看这个名字,神龟长寿,他是大唐王朝最为声名显赫的音乐家,那个年代名副其实的"顶流"。他还有两个兄弟,一个叫李彭年,善于跳舞;一个叫李鹤年,善于唱歌。这三个人都深受唐玄宗李隆基的喜爱。李隆基也是个音乐家,经常在一起办音乐会。李龟年除了会唱歌作曲，他还会很多的乐器，是个全才，所以李龟年被称为"乐圣"。

当年在诗坛，诗仙李白，诗圣杜甫，诗佛王维，他们是齐名的。从职业上来论，乐师的这个地位在中国古代是低贱的，可是李龟年恰好生在盛世，生在一个皇帝很重视诗歌文化的年代，所以李龟年就可以享受到很高的待遇。唐玄宗李隆基送了李龟年一座大宅子，里面的规制甚至超过了公侯，就是我爱其才，已经可以打破所有的规矩了。李龟年出入的都是达官贵人的宅邸，他的歌声全是盛唐的气象，能够跟李龟年坐在一起来参加音乐会的，也都是非常有身份的人，那当然王维和李龟年就会相遇。

相传在开元年间，有人发现了一幅奏乐图，但是不知道这个乐曲是什么，王维拿到一看就说这是《霓裳羽衣曲》的第三叠第一拍，后来就把乐师叫来演奏，果然分毫不差。李龟年赞叹这个人这么厉害，这么懂音乐，跟王维见了之后，两个人年龄相仿，志趣相投，又都是性情中人，还都是清流里面非常骄傲的艺术家，所以就成了好朋友。王维很多的诗都被李龟年谱写成歌曲来传唱，王维也因为李龟年变得名声更大。

但是一切在安史之乱之后就换了人间，王维跟李龟年自此天各一方，再也没有相见，身在乱世，每个人的命运都像飘萍一样，一个错过就可能成为永别。公元770年，距离安史之乱结束已经七年，距离王维离世也已经九年，盛世不会再来了，山河破碎，百姓流离。这一年的暮春，杜甫从江南一带漂泊到潭州，有一天走在石板路上，突然听到了熟悉的歌声："红豆生南国，春来发几枝。愿君多采撷，此物最相思。"杜甫循声望去，就看到一个两鬓斑白，衣衫也很破旧的老者在弹唱王维的《相思》，这个人是谁呢？就是曾经的宫廷第一乐师李龟年。

李龟年也认出了杜甫，他们在长安是有过数面之缘的，现在物是人非，相顾无言，两个人相认了之后，也并没有抱头痛哭，重逢的喜悦和感慨还是有的，杜甫就提笔写道："岐王宅里寻常见，崔九堂前几度闻。正是江南好风景，落花时节又逢君。"这就是《江南逢李龟年》，时事变迁里，有太多个人的故事和情感。

和杜甫短暂的相会之后，李龟年又从洛阳流落到了湖南湘潭。在一次宴会中，他又演唱起了王维的《相思》，还有王维的另一首叫《伊州歌》的诗，满座皆有感慨，仿佛在歌声中看见了自己的故事，一幕一幕往事重来。就像我们现在听某个人的歌，忽然之间你掉下泪来，一定是因为里面有你的心情和感慨。一代人的青春，一代人的荣光，还有盛世的繁华都过去了。李龟年也悲从中来，忽然晕倒，四天之后郁郁而终。

所以再来读这首诗就不太一样了，它不是简单的爱情，它里面有世事的浮沉和巨变，但没有相思，也就没有孤独。马尔克斯在《百年孤独》里说生命从来不曾离开过孤独而独立存在。我们难以想象，王维在写下《相思》的时候，他心中有没有出现过一个人，或者是一个时代。

世界的不好有时是因为缺乏感知，有时我们不能够感受到世界的好，说春天雨太多了，北方太干旱，夏天太热了，冬天太冷了，认为这个世界有种种的遗憾，但世界又有种种的好。当你有一颗明澈的自在的心时，你去看待这个世界，就会大有不同。你"行到水穷处，坐看云起时"，你说"愿君多采撷，此物最相思"，相思是别人拿不走的。

在诗词里，每一个人都可以构建一个牢不可破的精神世界，妥善安放自己这颗心。诗词不可能让你赚大钱，不可能让你做大官，甚至不可能抵抗命运对你的折磨和带给你的改变,但诗词能让你无论遇到什么事,无论处于何种境地,都能得到安顿和慰藉。这也是王维的禅意。

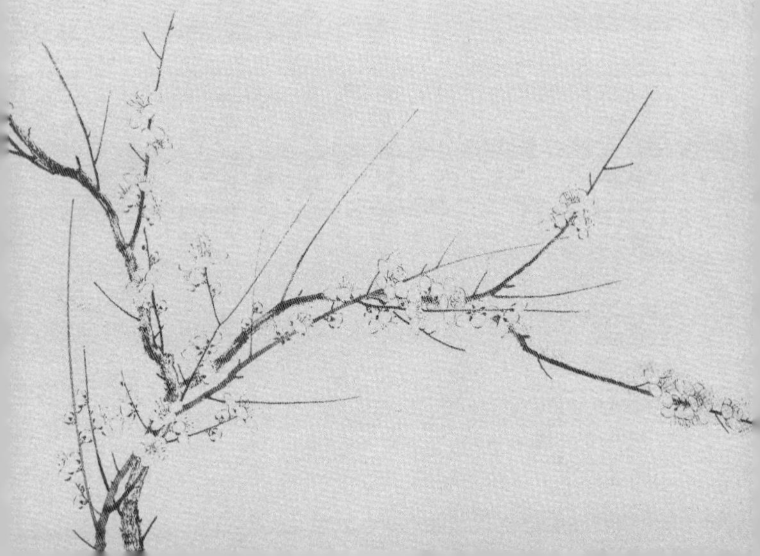

李商隐

> 于李、杜后,能别开生路,自成一家者,唯李义山一人。——吴乔

闭一下眼睛，假设睁开眼回到唐文宗大和三年的洛阳城中。这一年，文坛泰斗白居易已经58岁了，他对一个16岁的年轻人非常赞赏。白居易怎么夸此人呢？他说："老夫下辈子，如果能够投胎当你的儿子，那就心满意足了。"

这个16岁的年轻人是谁呢？他就是李商隐。果然，李商隐后来成为中国文学史上一颗耀眼的星辰，照亮了晚唐的夜空。

李商隐也的确有儿子。大儿子出世就取名叫白老，白居易的白，但据说这个儿子十分蠢笨。等到小儿子出世，小儿子倒是十分聪慧，大家就笑说如果真的是白居易投胎，那么应该是这个小儿子。

李商隐的成就大吗？当然。但是在2020年，李商隐还被一个小姑娘骂上了热搜，说他抄袭了一位古风作者的《霹雳布袋戏》的戏词，不尊重原创，号召粉丝们都去骂他。后来这个小姑娘出来道歉，说她以为李商隐是个现代的网友，并不知道他原来是个冷门诗人。

我讲这件事不是要嘲笑那个小姑娘,不知者不为过,我之前也不知道《霹雳布袋戏》。被小姑娘误以为抄袭的作品是李商隐的名篇《夜雨寄北》:"君问归期未有期,巴山夜雨涨秋池。何当共剪西窗烛,却话巴山夜雨时。"这是我们在语文课本里学过的,其实不需要多讲。这首诗读来像是一部纪录片,是白描的写法。

写这首诗的时候李商隐已是中年了,他在巴蜀任职,跟自己的妻子、孩子和朋友分开很久了。妻子会问他,你什么时候回来——"君问归期未有期",他心里面热烈地、真挚地想着,我要跟我心爱的人们在一起。

小的时候到教师节,我曾经给老师写过一张卡片,就写:"春蚕到死丝方尽,蜡炬成灰泪始干。"这也是李商隐的句子。写情书说:"身无彩凤双飞翼,心有灵犀一点通。"还是李商隐的句子。祝福老人常说的"最美不过夕阳红",也出自李商隐的"夕阳无限好,只是近黄昏"。

你看他跟我们的生活是紧密相连的,那为什么李商隐会成了所谓的冷门诗人呢?这件事我很认真地想了一下,后来发现也不是个例,不是还有人说曹雪芹需要补习语文课,屈原的《楚辞》鬼气森森,难登大雅之堂吗?

当然每一个时代,都有属于这个时代独特的表达。

唐诗、宋词、元曲，在那个时代创造了它们的高峰，千百年过去，很多东西都消散了，真正有价值的就会留下来。

人间不可能再有一个原原本本的屈原、李清照、曹雪芹或者李商隐了。但什么是打动人心的好作品？就是哪怕我们再往后活几千年，多少事物风吹雨打散，这些好东西会留存下去，影响一代又一代的人。这就是经典永不过时。

所以我希望我们的书友能够率先对这些古人和我们过去的历史，多一点了解，多一点好奇。所谓讲好中国的故事，绝不仅仅是对西方讲的。要把中国的故事讲给中国人自己听，在我看来，这是更为重要的一件事。

2019年的时候，我在西安做了一个大型文化活动，叫作唐诗之城。我很迷恋唐诗，那是汉字和汉语打磨出来的珍珠，是文学中的至高成就。我记得有一天晚上，我和当时的一位嘉宾——文化学者朱大可出去散步。刚刚下了一点雨，我们就走到西安曲江那个大唐芙蓉园的门口，我就问大可老师："唐诗中有那么多的杰出诗人，每个人都有自己心目中的一个排行榜，那你最喜欢谁？"

他毫不犹豫地说"三个李"——李白、李贺、李商隐。我当时觉得好骄傲,我也姓李。但朱大可先生的这个排行榜,可能很多朋友不见得同意。

唐诗浩如烟海,每个人都有自己的看法,所以叫作大唐。但如果提起唐诗,只说李白杜甫他们双峰横绝,那么大唐依然显得单调了。唐诗的不可超越就在于,有那么一大批诗人们扎堆出现,每个人都有属于全人类的、非常广阔和美好的心灵天地,而且他们各有千秋。我还想把孟浩然、王维、杜牧、白居易这些人一起都喜欢了,实在是哪个都丢不下。

如果非要很傻很任性地排个高下,那在这么多的名字中,我要承认,我依然偏爱李商隐。在我看来,李商隐的情诗最好。

在李商隐的情诗里,我最喜欢的一首是《锦瑟》。

这首诗原本叫《无题》,李商隐最擅长写无题诗,《锦瑟》这个名字是后来加上去的。

锦瑟

锦瑟无端五十弦,一弦一柱思华年。
庄生晓梦迷蝴蝶,望帝春心托杜鹃。
沧海月明珠有泪,蓝田日暖玉生烟。
此情可待成追忆,只是当时已惘然。

这首诗非常李商隐，他生命中最好的年华就撞上了中唐到晚唐，盛世不再甚至出现往下走的拐点，朝廷动荡，百姓颠沛流离。李商隐家里面非常贫穷，他又是一个内心敏感的人，全靠才华改变命运。

《锦瑟》就是他天赋才华的代表作。读了以后什么感受呢？这么美又这么难懂，充满了不安全感，不知道他在写什么。没错，这感受一点都不意外。民国的时候，梁启超先生谈到李商隐的诗就说："我理会不着，拆开来一句一句叫我解释，我连文义也解不出来，但我觉得它美，读起来令我精神上得到一种新鲜的愉快。"

这绝对是大实话，李商隐的诗就是千年来最难读懂的诗。民国的人用词还是非常雅致的，你看梁启超先生说"我理会不着"，我们现在直接讲"不懂不懂"。但你感受得到这就是美，有时候它不是用语言可以表达的，但你心里面会有一些不一样的感觉。

这个时候你会发现，李商隐好像不是那个《夜雨寄北》的李商隐，那首诗很容易懂，这个怎么就完全不明白了呢？这才是李商隐的特点，他的阅读门槛高，并不通俗，我们今天就来尝试解读一下《锦瑟》。

开头"锦瑟无端五十弦"。锦瑟是什么？就是乐器，一把华美的琴。"无端"两个字用得非常好，就是无缘无故的意思。这把琴怎么无缘无故地要有五十根弦呢？李商隐写这首诗的时候，锦瑟已经不是五十弦了，是二十五弦。我想起德国诗人里尔克的一首诗，叫《严重时刻》：

谁此刻在世界上某处哭，无端端在世界上哭，在哭着我。

谁此刻在世界上某处笑，无端端在世界上笑，在笑着我。

这"无端"两个字，上来就给人一种很扎心的感触，无缘无故的，你怎么就这样呢？说不清楚他要表达什么，但你能感受到他有心事，且这个心事很强烈。写这首诗的时候，李商隐已经将近知天命了，他快五十岁了，他的生命很短暂，所以这就是他的暮年。

那种生命经验是繁华落尽的，没有原因，也没有来由，我怎么会是现在这样呢？我当年做了什么呢？我现在的一切，又是怎么得来的呢？不知道，但可能有一种神秘的迷茫感，所以"无端"这两个字真是厉害。

接下来，"一弦一柱思华年"。这是什么？就是追忆似水流年。你有丰富的一生才值得追忆，这是伟大作品的气象。

后面两句就用到典故了，"庄生晓梦迷蝴蝶，望帝春心托杜鹃"，用了两个典故。很多人不喜欢李商隐，也是因为他特别爱用典故，查阅各种资料，然后把一些我们不太懂的事儿罗列在一起。所以李商隐有一个外号叫作"獭祭鱼"。什么意思呢？水獭去捉鱼吃的时候，它往河里扎猛子下去，把鱼捞出来，那个姿态非常矫健，但是它并不急着吃掉。它会把鱼一条一条地摆在面前，好像是祭奠鱼一样，所以就有一个词叫"獭祭鱼"。

这个词很形象，就是说李商隐特别喜欢堆积资料，一条一条地检索典故，排列在自己面前。这就导致很多人根本不懂他在干什么，说："好烦，你写的这些每一条都有出处，那如果我的学养不够，我没有做那么多的功课，那就根本看不懂了。"但"獭祭鱼"用典，也有用得好的时候。《锦瑟》一首诗用了四个典故，都用得非常之好。

我们先说"庄生晓梦迷蝴蝶"。一个人追忆似水流年，我的生命中有什么是值得眷恋的呢？这里用到了庄子的典故。话说庄子有一天做梦，梦见了一只蝴蝶，醒来以后他就在想那我到底是谁呢？我是庄子呢，还是那只蝴蝶？会不会那只蝴蝶也在做梦，梦见它变成了一个叫庄子的人？它在那边醒了，这个庄子就不见了；我在这里醒了，那只蝴蝶就不见了。所以就叫"庄生梦蝶"。

"庄生晓梦迷蝴蝶"，"迷"字就是诗眼，他是迷惑、迷失还是迷路？不知道，但这是生命中不可知的一个经验。相信你跟我都曾经体验过，我们曾经要面对那么多的不确定、不可知，然后一步一步地走到了今天。

接下来"望帝春心托杜鹃"。学过美术史的朋友会很熟悉这个典故。有一个蜀国的皇帝叫杜宇，后来杜宇把皇帝的位子让给了别人，他自己变成了一只鸟。这鸟有一点不甘心，它一直在呼唤春天。春天快要来的时候，它在那里一直叫一直叫，叫到最后一口血喷出来，溅在花瓣上面，直到把白色的花都染红了。被鲜血染红的花就是杜鹃花。"杜鹃啼血"说的就是这个。杜鹃是把春天叫回来的一种鸟，听起来很悲壮，但这悲壮里面有一种生命的激情，它不可阻挡。好像一个人有一种追求，要达到一个目的，就不停地努力，不停地叫不停地叫，"我有一事生死与之"。我常常要为这种人倒抽一口冷气，很佩服。

下面两句是广为传颂的"沧海月明珠有泪，蓝田日暖玉生烟"。叶嘉莹先生把李商隐称为"玉生烟诗人",就是讲这个意象太美了。"沧海"也是一个意象,就是茫茫的最大的那片海。沧海之上明月升起,这么美的月夜中,鲛人族浮出水面,这是《博物志》里面的记载。神话中的美人鱼就是鲛人,它浮出水面哭,掉下来的眼泪会凝结成一粒一粒的珍珠,所以"沧海月明珠有泪"。

那"蓝田日暖玉生烟"讲的是什么呢?蓝田在陕西,那里出了我们都熟悉的作家陈忠实,他写的《白鹿原》故事就发生在蓝田,蓝田还有王维隐居的辋川。这个地方产玉,不是成色特别好的玉,夹杂着很多的石头,叫蓝田玉。在当地,这个玉常常会被用来铺在地面上,或者是做成桌子凳子还有枕。我曾经就有一个玉的小枕头,枕上去非常硬。

我是西安人,我们家离蓝田很近。清晨的时候,因为早晚温差大,那个玉的表面上就会凝结出一点湿气,雾蒙蒙的。太阳升起,水汽就哗一下子升起来不见了,像烟一样,非常美。若是亲眼看见,你就会了解"蓝田日暖玉生烟"那种恍惚的迷离感,这是一种触不可及的感受,脆弱美丽,容易消逝。与这种稍纵即逝的美丽相类的,大概是一种无法宣之于口的恋爱心情,像是特别隐秘、不足为外人道也的一句话,只要说出来，那句话就瞬间枯萎掉。或许，诗歌的意象和情感都在营造一种复杂且微妙的生命体验。它说不出口，但是你心里有。

接下来这一句，"此情可待成追忆，只是当时已惘然"。这种说不出口但心里有、让你非常难受的东西到底是什么呢？你可以说那是一种颜色，青出于蓝而胜于蓝，所以它复杂。你也可以说那是一个时代，盛唐的华丽，已经凋零了枯败了，一点一点地远去。你只能看着它而无法挽留。

因此，读完《锦瑟》我们也可以想一想自己一生中发生了那么多的事儿，原来有那么多的关键时刻，追忆起来你才觉得惊心动魄。但当时整个人就那么呆呆地愣在那儿，迷迷糊糊地，好像不知道发生了什么，也不知道该怎么表达，所有的一切就都过去了。

我觉得这是一个很真实的状态，每个人大概都可以对应在自己的身上，这就叫生命体验。

这首诗因为难懂，就引起了一桩公案，说李商隐是写给一个暗恋的女子的，这女子是个女道士，所以没有办法公开地表达。这个说法没有什么根据，也不重要。

在我看来，李商隐并不是在叙事，他就是表达了一种状态：此时此地的心情和感受。这么美的一首诗，根本不需要通过一段暗恋来完成。它的来源就是天赋极高的审美，美可以跨越好多年，甚至可以从生到死都跟随着一个人，在心灵上留下一道恒久的印记。

所以你读到这首诗，讲不出话来，但会有我的生命就是如此的感觉。你也不必现在就去理解它，只需要把那些句子记在心里，到哪一天也许就突然应和了当时心境，让你感受到这首诗真的好。但也许等你突然明白诗句真意并为之动容，也是一件非常残忍的事。就像你突然听懂了一句歌词，突然理解了一句话，你成了一个心里有故事的人。

李商隐都影响了谁呢？在《红楼梦》里面，林黛玉说起过李商隐。

《红楼梦》第四十回，叫"史太君两宴大观园，金鸳鸯三宣牙牌令"，说这个老太太带着一群好儿女们逛园子，大家到了水边。因为是赏菊花、吃螃蟹的季节，水中的荷花都已经凋零残败了。宝玉就看着这些残枝败叶说："这些破荷叶可恨，怎么还不叫人来拔去？"

宝姐姐就笑着说："今年这几日，何曾饶了这园子闲了一闲，天天逛，哪里还有叫人来收拾的工夫。"宝姐姐就很通晓人情世故，这话谁也不得罪，替别人着想。

林黛玉就不是这样了，我们这个挑剔的林妹妹就说:"我最不喜欢李义山的诗,只喜他这一句'留得残荷听雨声',偏你们又不留着残荷了。"

宝玉一听立即说果然好句,以后咱们就别叫人拔去了。

看到这儿我们都会笑出来,情到浓处什么都是对的。她说好吃就是好吃,她说留得残荷就留下,宝玉就是无原则地附和林妹妹。林黛玉说的李义山就是李商隐。

宝姐姐又是怎么评价李商隐呢?说"李义山隐僻"。隐就是隐藏的隐,僻是生僻的僻,就是讲这个诗人的东西非常难懂,恰恰因为难懂,李商隐诗作的影响力才有限。

到了《红楼梦》第四十八回,呆香菱想要学写诗,先去拜林黛玉为师,黛玉就给她开了一个书单,说你要去看谁谁谁的诗。第一课开的这个单子里面,有王维、杜甫、李白,这当然都是很好的。再接下来,提到了各种各样的人,但偏偏没有李商隐。后来史湘云就来了,她自然而然地也给香菱推荐了一些好的诗人,教了她一些好的方法,湘云就提到了李商隐的诗,她把李商隐放到了一个很高的位置上,宝钗也自然是认同的。

小时候读《红楼梦》,我也和宝玉一样,屁颠屁颠地跟风林黛玉,林妹妹不推崇李商隐,那我也觉得自己不喜欢李商隐。后来，我真的是完全自然地爱上了李商隐，就一直想，那林妹妹为什么不喜欢李商隐呢？她和李商隐明明就是一个路子的人。

上海作家潘向黎有一本很好看的书叫《梅边消息》。这本书中有一篇文章的标题就是《林黛玉为什么不喜欢李商隐》。

整部《红楼梦》中，林黛玉嫌弃过两个诗人，一个是李商隐，另外一个就是陆游。林妹妹怎么评价陆游呢？她说："断不可学这样的诗，你们因不知诗，所以见了这浅近的就爱，一入了这个格局再学不出好的。"

林妹妹是清高骄傲的，她嫌弃陆游，是因为她觉得陆游格局小，没意思，有点俗。这是一家之言。那她为什么不喜欢李商隐呢？书里没给出理由。

潘向黎就说，林黛玉不喜欢李商隐，实际上就是曹雪芹不喜欢李商隐。因为《红楼梦》中，林黛玉是曹雪芹第一钟情的女子，她说的话、她想做的事儿，都是曹雪芹的所思所想。潘向黎猜测说，曹雪芹不喜欢李商隐，可能是因为他的风格。

李商隐的风格就是浓烈和精致。他的作品像一个象牙球，一层一层地套在一起，每一层都精雕细刻且镂空，繁复到了极致,不是那种浑然天成的。而且,李商隐一点都不淡,从感情到修辞都非常浓郁。曹雪芹一以贯之的审美,是喜欢天然一些的。潘向黎给出了一个惊人的结论,说曹雪芹写林黛玉不喜欢李商隐,这是《红楼梦》中的一处小败笔。我特别同意。因为林黛玉几乎不可能不喜欢李商隐,为什么呢?

第一,李商隐是一个多情和痴心的人,这和林黛玉完全就是一个路子。爱情、感情就是人生中最重要的部分,和爱情比起来,什么个人得失官场沉浮,甚至江山天下都不重要。这一点,李商隐和林妹妹是一样的,和很多大诗人都不一样。

第二,李商隐非常尊重女性,这在同代人中很难得,而且李商隐能够欣赏和体谅女性的美、苦衷。所以到今天,女性朋友们应该都去读他的诗,一定会觉得心有戚戚,觉得这个人怎么这么懂我。

林妹妹喜欢的那一句"留得残荷听雨声"的出处是什么呢?这首诗的名字叫作《宿骆氏亭寄怀崔雍崔衮》,标题什么意思呢?就是李商隐寄宿在一个姓骆的人家里,在他们家的这个亭子里面欣赏风景,突然想到自己的好朋友,一个叫作崔雍,另外一个叫作崔衮。这诗是非常写实的,我们来读一下:

宿骆氏亭寄怀崔雍崔衮

竹坞无尘水槛清,相思迢递隔重城。

秋阴不散霜飞晚,留得枯荷听雨声。

这里是枯荷不是残荷,林妹妹引用的时候,记忆有一点误差。枯荷是要留着听雨的,似乎一点人间烟火气都没有,在传统审美里枯荷感觉是没用的,但对残花残荷的关注非常符合黛玉的性格,可见林妹妹的境界和李商隐非常接近。

林黛玉的前世是什么呢?一棵绛珠仙草。宝玉的前世是神瑛侍者,他用水去灌溉了这棵仙草,对她有恩,她此生是来报恩的。用什么报呢?还泪。她把自己一生的眼泪,都还给宝玉,眼泪流干净了,这一生就过完了。她用这种方式,把生命中所有的激情全部地释放掉,这件事才算完结。所以她跟宝玉是纯粹的精神之爱,有没有肉体的关系其实并不重要,能不能被世俗的人认可其实也没那么重要。重要的是她这种饱满的情绪,只为一个人、一件事而来的那种感情,是要充分燃烧的。

想一想,这也是天大的福气。我喜欢一个诗人叫黄灿然,黄灿然写过一首诗,说:"他一生中只有一个洞，但我们很多人都千疮百孔。"

林黛玉就是此生这一颗心、一条命，都只为了一份情、一个人。这就是只开了一个洞，是高度完整和纯粹的。要是回应潘向黎的"为什么林黛玉不喜欢李商隐"这个问题，我会觉得是李商隐这个名字，包括他所写的诗，触碰到了少女的禁忌。李商隐的诗历来被认为是写私情的，这其实是误会，如果你把他的诗通读完，你会觉得他的境界不仅仅是男女私情，只是他被贴上了这个标签。林黛玉说不喜欢李商隐，就是因为"私情"这两个字，这也是林黛玉一直在回避的话题。

回到《红楼梦》，在园子里婚姻是正大光明的，而爱情是不被允许的。这就像当着光头的面不能说月亮。所以林妹妹也不肯当众承认李商隐的好。在我看来这恰恰是李商隐式的美学，就是不说透。

李商隐的很多诗中，都提到了荷花荷叶。前年的时候，我在教女儿欢喜写字，写两句唐诗让她照着抄一遍，然后慢慢地她就会写字了。其中就抄了一首《暮秋独游曲江》，李商隐的诗，我们来读一下：

暮秋独游曲江

荷叶生时春恨生，荷叶枯时秋恨成。

深知身在情长在，怅望江头江水声。

这首诗听起来还是比较贴近白话的，它使用很多重复的字和词。抄一句，我就给欢喜讲一句，她突然问我："这个人为什么荷叶长的时候他也特别恨，荷叶枯的时候他也特别恨，他的恨怎么那么多呀？"。

李商隐到底是个什么性格？他的标签大多与苦情相关，性格多深情、隐忍，诗作就多悲苦。细细地读这首诗，李商隐是在写荷叶吗？是在写荷花吗？不是，他还是在写自己的生命体验。

那么多的恨，恨是什么呀？就是《长恨歌》里的"此恨绵绵无绝期"，它不是怨恨，它是遗憾，是求不得，是失去。怎么面对呢？这一句"深知身在情长在"，他深知现在处于一个什么样的时代。晚唐时期，盛世繁华一去不复返，在青春的时候，在想要做一番事业的时候，他遇到很多的挫败，这非常无奈。那现在慢慢地进入了生命的暮年，这些无奈又是改变不了的。

生命背后，迎接你的是一个又一个无常。但是只要我这个人在，肉体在、感情在，恨就是没有办法摆脱的。明白了这些之后该怎么办？不如面对，更加要找到一个对象为它付出,不管它是一个人、一件事儿,还是一个目标。不管你的生命有多苦,有多不得意,你都可以在这种付出中,得到一段饱满纯粹的时光。

对李商隐来说,这个对象就是"深情",他也的确是个深情的倒霉蛋。我们来了解一下李商隐的成长过程。

公元813年,李商隐出生在河南的荥阳,中原人氏,他是唐代皇族的远房宗亲,但到他这一代,这种血缘关系已经非常遥远了,也没有给他带来任何实际的利益。所以他就是一个落寞的贵族,过得很穷。

他的父亲叫李嗣,是个县令,后来还被罢官,在浙江一带做幕僚,是要看人脸色,辗转于很多地方的。李商隐从小就跟着父亲到处漂泊。他很聪明,"五岁诵经书,七岁弄笔砚",从小就是争气学霸。李商隐10岁那一年,他的父亲就去世了,家里的顶梁柱塌了,剩下孤儿寡母,日子艰难,他是长子,就背负上了养家的责任。

一个小小的少年,自己写文章说"佣书贩舂,贴补家用"。就是给别人抄写赚钱,买带壳的谷子舂成细粮之后转手再卖掉,干的都是重体力的活。鲁迅先生曾经说,童年的情形就是将来的命运。李商隐的一生坎坷,从童年起就埋下了伏笔。他在一篇文章里写:"四海无可归之地，九族无可倚之亲。"

这太凄凉了，一个才气纵横的少年，养家的打工人，遇事儿只能靠自己硬扛，这养成了他隐忍的个性，有话放在心里，不解释。人很内向，但又非常敏感。在16岁的时候，李商隐就以《才论》《圣论》两篇文章名震文坛，然后他们举家南迁到洛阳，在那里遇到了他的伯乐令狐楚。令狐楚还介绍他认识了白居易等很多重要的人物。

令狐楚是个什么人呢？他身居高位，也是当时文坛的领袖，是写骈文的大家，《旧唐书》里有记载，李商隐到了洛阳就去干谒——这是唐代的一个风俗，就是年轻人拿着自己的文章去拜访一些著名的领袖，求提拔、求赏识。

令狐楚一见到李商隐就如获至宝，特别欣赏他。令狐楚善写骈文，这是当时的一种流行文体。当时的文章大概分为两种，古文和骈文。李商隐之前是写古文的，但是骈文才是官方正式的文体。

科举考试考的就是骈文，令狐楚就亲自教李商隐写骈文。每年给他家衣食资助，安排他和自己的儿子令狐绹做朋友。令狐楚前往一些地方去做官和镇守的时候，也把李商隐带在身边，让他入幕做了一个巡官，重用他，资助盘缠、送李商隐参加科考，让他有机会出席一些重要的社交场所，开阔眼界增长见识。这就叫知遇之恩。所以在李商隐的心里，令狐楚既是师傅也是父亲，是一个很温暖的存在。

令狐绹和他一起长大，也是情同手足。李商隐在令狐府中度过了八年的时光，也的确没有辜负令狐楚的栽培。李商隐做事很认真，学习也用心，他很快就能写一手漂亮的骈文，令狐楚让他负责起草一些重要的文件和奏章。很快李商隐就成为令狐楚得力的助手，陪着令狐楚出入一些特别重要的场合。

令狐楚曾经还留下了两个遗愿。第一，给皇帝上谢恩表的时候，一定要让李商隐来写。第二是自己的墓志铭，也一定要让李商隐写。你看这两个"一定"，显然是非常赏识他，以这个弟子为荣的。这是实力眷顾。

但很不幸，这一番相遇相知并没有得到一个好结果，为什么呢？因为一个绕不过去的环境，叫牛李党争。这个词我们在历史书里学过。"牛李党争"是唐朝后期的重大历史事件，从唐宪宗直到唐宣宗时期，以牛僧孺为领袖的叫牛党，以李德裕为领袖的叫李党，两派发生争斗，互相攻击长达四十年，最终掏空了大唐。

这两党争的是什么呢？他们起先是在很多政治问题上意见不合，比如讨论科举制度，到底应该坚持公平一考定终身还是兼顾素质允许举荐制。这个问题到今天我们还在讨论，所以并不是有什么私心。但多番针锋相对，变成了两派政见不合，最后就演化为政治斗争，双方都为了各自的利益而战。令狐楚是牛党中人，李商隐也不可避免就随着自己的恩师卷入了党争。

到公元837年，李商隐26岁了，由于令狐楚的举荐和帮忙，他终于考中了进士。但这一年令狐楚去世了，李商隐失去了恩师的保护。在令狐楚去世后的第二年，李商隐答应了一件事儿，接受了泾原节度使王茂元的聘请，做了他的幕僚。王茂元是李党的人员，这就意味着李商隐站到了牛党敌人的队伍里。那之后李商隐更是娶了王茂元的女儿，成了李党队伍中的贵婿。

这一下，令狐家族所有的人都不能原谅李商隐，认为这是背叛。现代人可能会说：这有什么背叛的？跟谁结婚这是李商隐的私事。但不能这样讲，仔细想想，罗密欧能不能娶朱丽叶？即便放在现代社会，你跟邻居家关系很僵，是不是小孩也被告诫说不要跟他一起玩。所以，令狐家的心理是非常容易理解的。

跟李商隐一起长大的令狐绹就心生怨恨，把李商隐视为"忘家恩，放利偷合"的小人。这在《唐书》中也有记载，书中评价李商隐的行为说他德行有亏。可见当时社会舆论带给李商隐的压力之大。

到了近代，国学大师陈寅恪也说，李商隐本应该始终属于牛党，这才能符合当时社会阶级之道德。这样一来可以让自己获得更多的升迁机会；二来他可以通过辅佐令狐绹，报答令狐家的恩情，这是李商隐当时最好也是最明智的选择。但是李商隐并没有这样做，他是怎么考虑的呢？不得而知。

有人说他可能过于单纯恋爱脑，我认为这种说法太轻率了。李商隐肯定清楚自己的婚姻，并不仅仅是两情相悦，它还牵涉到了政治立场。可是他依然站错了队。只能说这个人在文学上极有天赋和灵性，但是对于政治的感觉很迟钝。当时的选择一定有当时的道理，但这个选择将会有什么样的后果，是李商隐并没有充分顾及的。

从此李商隐就左右为难了，因为牛党把他视为叛徒，李党也怀疑他的忠诚，他不得不活在党争的夹缝中，沉浮不由己，终身受累。后果很快就显现了，公元838年，李商隐参加了授官考试，结果在复审中被无故除名。第二年，他又去考试，虽然通过了，但仅仅获得了一个很低的职位,转眼又被调任。

这就是来自牛党的针对性打击,这段时间的心情和处境,李商隐有一首诗,是可以看得出来的,这首诗的名字叫作《代越公房妓嘲徐公主》。

> 代越公房妓嘲徐公主
> 笑啼俱不敢,几欲是吞声。
> 遽遭离琴怨,都由半镜明。
> 应防啼与笑,微露浅深情。

这首诗什么意思呢?里面有一个典故,陈朝末年的时候,太子舍人徐德言娶了陈后主的妹妹乐昌公主为妻。在陈朝快要衰亡的时候,徐德言就跟他的妻子约定,把一面铜镜打破,一人一半,将来万一夫妻失散了,就靠这半面镜子作为信物,要找到彼此。

后来隋朝把陈灭了,乐昌公主被俘虏,流落到隋朝的宰相越国公杨素的府中做了姬妾。后来徐德言就靠着那一半的破镜为线索,重新找到乐昌公主,夫妻两个得以团聚,留下一个我们熟悉的成语叫"破镜重圆"。

李商隐这首诗从亡国公主的角度来写,诗的题目有一点开玩笑。意思是,我这个诗人代越公妓,越公就是杨素,妓是什么呢?就是他家里头另外一个姬妾,来嘲笑乐昌公主的。

嘲笑她什么呢?说你看眼前,一个是新男人,一个是旧男人,你哭也不敢笑也不敢,实际上内心非常复杂。这个持着半面破镜找来的丈夫站在这里,就证明了他对你的思念。可是你应该注意,此刻你既不能哭也不能笑,不能流露出你对原来丈夫的深厚情谊,否则你怎么面对眼前的这个男人?

这首诗非常压抑和复杂,它也是李商隐的处境。很多时代变幻中,人是没有办法主宰自己命运的。再嫁女的辛酸,包括李商隐这种夹缝中的求生,实在是太难了,千言万语哭笑都不能,只能化为沉默。所以我们在生命中如果遇到两难境界,你就会发现,这句诗写得真好,叫作"笑啼俱不敢"。

我们来说说李商隐的婚姻。做了王茂元的女婿后,他还是过了一段好日子的。他得到了一个新科进士所能获得的最体面也最清闲的职位,叫作"秘书省校书郎",放在今天大概就是国家图书馆的研究员。你想一个那么爱读书、爱写作的人,现在到了这个地方,他得多开心,所以他如饥似渴地阅读,李商隐的诗和文章在这段时间进步极快。

和李白李贺不一样,李商隐有天赋,但他不是天才。他在唐诗上所取得的成就,用一个词来概括叫"终身成长",那是不断学习得来的。所以我们能看到,李商隐的诗是越写越好,他的境界不一样了,心态也不一样了,用词造句也不同。

虽然因为一段婚姻让自己的仕途坎坷,但李商隐和妻子感情很好。关于李商隐的爱情,有一本书叫作《李义山恋爱事迹考》,是苏雪林写的。这本书比较著名,书里考证出李商隐曾经喜欢过一个叫柳枝的姑娘。这个名字最早出现在李商隐的一组诗里,叫《柳枝五首》。

李商隐还为这组诗写了一篇长长的序,就讲了柳枝的故事。她是一个洛阳富商的女儿,活泼可爱开朗大方。一个偶然的机会听到李商隐的诗《燕台》,写春夏秋冬的,她就心生爱慕,主动跟李商隐约会,但是李商隐失约了,柳枝就跟他再也没有见面。如果这个事情不是李商隐杜撰的,那这一段没有结果的感情很可能是李商隐的初恋。

李商隐在十五六岁的时候,被家人送到玉阳山学道。在这期间,他就跟玉阳山灵都观的女道士宋华阳相识相恋。苏雪林写了这一段,但是她的猜测和推理有时候非常离奇,几乎不加节制,包括李商隐怎么样跟宋华阳姐妹两个都偷情,还和宫女偷情,这其实找不到什么证据。到现在这很容易被一些不负责任的报道添油加醋,说李商隐很暧昧很闷骚,是个奇情的男子,这其实并不太可靠。

比较确定的是,王氏是李商隐的妻子,李商隐和她结婚的时候已经27岁了,在那个时代属于非常晚婚了。在此之前,李商隐应该是有过一段婚姻的。但第一段婚姻到底是什么状况,这方面的信息几乎是空白,不知道他们怎么结婚的,也不知道怎么结束的,也没有留下子女。

很明显,李商隐和王氏的感情非常好。在李商隐40岁那年,王氏病逝了,此后李商隐没有再娶妻。他为亡妻写下了很多首悼亡诗,非常经典。在李商隐留下的情诗中,其实可以看到爱情的几种样态,比如相思、暧昧、失恋、分离和悼亡。

我们选其中的几首来读一下。"无题"是李商隐最擅长写的题材,有一首叫《昨夜星辰昨夜风》。

无题·昨夜星辰昨夜风

> 昨夜星辰昨夜风,画楼西畔桂堂东。
> 身无彩凤双飞翼,心有灵犀一点通。
> 隔座送钩春酒暖,分曹射覆蜡灯红。
> 嗟余听鼓应官去,走马兰台类转蓬。

什么意思呢?"昨夜星辰昨夜风"是时间,夜幕低垂星光闪烁,这是一个春风沉醉的夜晚。"画楼西畔桂堂东"是地点,精美画楼的西边,桂木厅堂的东边。总之你看得出来,这是一个高级场所,很奢华的地方。这么美妙的时刻,在旖旎的环境中,发生了什么呢?诗人没有说,但肯定有故事,而且是个浪漫的故事,我们的想象力已经被触发了。接下来笔锋一转,说昨夜的浪漫还历历在目,可是你已不在我身边。

"身无彩凤双飞翼,心有灵犀一点通",就是在写相思之苦。你不在我身边,我恨自己没有像五彩凤凰一样的双翅,可以伸展开来,飞到你那里去。那么"心有灵犀一点通"又表达了什么呢?我人不在这里,可是我心在这里,两个人的相知之深,彼此的心意就像灵异的犀牛角一样,里面有一条线息息相通,别人看不见,但对我们来讲,那是完全不一样的链接。这种深深相爱却不能长相厮守,只有彼此知道的心境欲说还休，成就了这一千古名句。

接下来说"隔座送钩春酒暖，分曹射覆蜡灯红"，勾勒出一场宴会的热闹场面。这宴会太热闹了，人潮人海，可能你跟我都参加过。在宴席上，人们隔座送钩、分组射覆，都是一些游戏，这些游戏还在继续，但是你不在这里，我就觉得人潮越汹涌，内心越孤独。那怎么办呢？能不能不顾一切地奔向你呢？

"嗟余听鼓应官去，走马兰台类转蓬"，可惜我听到更鼓的报晓之声，就要去当差，我在秘书省进进出出，好像蓬草随风飘舞。文学是相通的，这一句颇有《月亮与六便士》的感觉。人在江湖身不由己，如此无奈，心中向往星辰大海，但是不得不低头埋没于眼前的柴米油盐。那怎么办呢？就这样错过了，失去了，美景之美在于忧伤，这就是李商隐的调调。

《无题》中最著名的，应该还是这首：

无题·相见时难别亦难

相见时难别亦难，东风无力百花残。
春蚕到死丝方尽，蜡炬成灰泪始干。
晓镜但愁云鬓改，夜吟应觉月光寒。
蓬山此去无多路，青鸟殷勤为探看。

这首诗现在常常被用来赞颂老师们的辛苦。你看春蚕到死还在吐丝，蜡炬燃烧自己照亮别人。有人认为这是一首情诗，是李商隐表达对妻子的深情和思念的，应该是首悼亡诗。李商隐跟自己的妻子后来分隔两地，长时间都不能相见，等他再返回家中的时候，得到的是妻子亡故的消息，所以他非常悲痛。他感怀自己的妻子短暂而辛劳的一生，她勤俭持家，她默默地为我做了那么多的事情，就像吐丝的春蚕一样，把生命中所有的精华一丝一缕地都吐干净了，给了我；她像蜡烛一样一直在燃烧，流干了最后一滴热泪，可是我们再也不能相见了。

悼亡是古诗词中的一个重要题材，很多人都悼念过自己的亡妻。元稹的"曾经沧海难为水，除却巫山不是云"，还有苏东坡的"十年生死两茫茫"，都非常感人，名气很大。但即便写下这样生离死别的诗句，每个人也依然有不一样的选择。元稹是一边写着悼亡诗，一边又去寻花问柳。苏东坡，也很快就有了朝云在自己的身边。李商隐的选择呢？他在妻子过世之后就孤身一人。他也不喜欢那种社交的场合，就是一首接一首地写诗。

纵观李商隐的一生，幼年命运多舛，从小遭遇的世界并不深情，甚至很冷漠，后来又成为党争的牺牲品，也是很残忍的。但他依然深情地活着，心里头有很多很多的爱，一首一首地写下诗句，这就是他从来没有失去过的东西——一个人的价值。其实李商隐也有过可以跻身权力中心的机会，命运把一次一次的机会砸向他，但是很可惜，最后也把他重重地扔在地上。

最重要的一次机会，是在唐武宗即位之后。李党的首领李德裕被提拔为相，这个时候整个李党中人都被重用，李商隐就重新回到京师，依然在秘书省工作，而且有可能就被委以重任。正当前途一片光明的时候，李商隐的母亲病逝了。按照当时的规矩，他必须放弃眼前的一切，回家为母亲守孝三年。就这三年的时间，他错过了李德裕执政最辉煌的时期，也错过了人生唯一一次能登上巅峰的时刻。

等到他结束守孝后再返回秘书省，李党已经被牛党整垮了。在整个牛党的把持之下，李商隐被排挤到几乎没有立足之地。他曾经希望令狐绹能够帮助一下他，但是令狐绹只字未回，收到他的信跟没看见一样。为了自谋出路，他把儿女托付给朋友，把妻子留在京师，跟着一个桂管观察使郑亚到了桂林去。结果不到一年，郑亚被贬，李商隐只好又回到长安。还得找饭碗，他又跟随武宁军节度使卢弘正到了徐州。又仅仅一年，卢弘正病故了，李商隐不得不再次另谋出路。

就是这样，你发现机会都扔给他，他接住了，然后又莫名其妙地丢失了。他为了换一口饭吃，奔波在一个又一个的幕府。这个时候唐王朝显然是一步一步走向衰败，皇帝昏庸、宦官当权，藩镇割据日益猖獗。朝廷为了稳固政局，对镇守边关的藩将们大行恩赐。但这些藩将此时翅膀已经非常硬了，他非但不领情，反而发现皇室软弱，野心更盛，结果导致朝野内外气氛恐怖。政治的腐败也达到了顶点，皇帝和宦官之间矛盾日渐激化，导致骇人听闻的"甘露之变"，整个大唐经历这一拐点后就急速走下坡路了。

在这段时期，李商隐留下了大量的咏史诗。比如《马嵬》，这和白居易的《长恨歌》一样，写的是李隆基和杨贵妃的故事，但是他的观点完全不同。还有《行次西郊作一百韵》《有感二首》等。在这些诗里面，我们可以看得到李商隐的勇敢和正直。他站出来抨击时局，和强权对峙，揭露宦官的丑恶嘴脸和惨无人道的暴行。

危难之际，最能看出一个人的气节。如果有人一直说，李商隐就是华丽隐晦、哼哼唧唧的，是很软弱的小资情调，那是真的不够了解他，他不是只写情诗，我们就来读一首他的咏史诗《贾生》。

> 贾生
> 宣室求贤访逐臣，贾生才调更无伦。
> 可怜夜半虚前席，不问苍生问鬼神。

最后这一句慷慨激昂，很多人都听过，他讲的是什么时候的事呢？就是汉文帝和大儒贾谊之间的故事。汉文帝在宣室这个地方，把曾经被贬谪的贤臣找来虚心求教，也把贾谊找来了。贾谊是西汉著名的政论家、文学家，他主张改革，提出了很多非常重要的措施，可他一再地被人进谗言、被人诋毁，所以一生郁郁不得志。

既然汉文帝把他找来了，那按道理就是想要问一些重要的事，比如说国计民生，其实不然。"可怜夜半虚前席，不问苍生问鬼神"，是说到半夜，汉文帝挪动他的双膝靠近贾谊，他不是关心民生，他关心的是什么？是怎么样能长生不老，怎么求医问药，只关心鬼神。

李商隐在这首诗里就是借着文帝贾谊故事来抒发自己的感慨。晚期昏庸的汉文帝"不问苍生问鬼神"，那晚唐的帝王难道不是这样吗？表面上看起来求贤若渴，实际上根本不能任用贤能。他也是在表达自己一生的怀才不遇、不为所用。很明显，即便被边缘化、被误解，一再地受挫，但李商隐的内心深处始终是热的。他关心社稷，关心普通人，即便在黑暗中，也能化文字为兵戈，直抵黑夜的最深处，这是末世里面罕见的勇敢。这就是一个士人的精神。所以李商隐依然是一个热血和天真的人。

某个黄昏，李商隐独自来到了乐游原，长安旁边的一个小坡。杜甫曾在这里写"三月三日天气新，长安水边多丽人"。上巳节，大家都到乐游原去出游踏青。此刻，李商隐眼中的乐游原已经完全不是《丽人行》里面的情景。他俯瞰着热闹非凡的长安城，写下了那首我们非常熟悉的《乐游原》：

乐游原
向晚意不适，驱车登古原。
夕阳无限好，只是近黄昏。

这首诗就像徐徐展开的画卷，由于慢，它的展开是深情的，如同李商隐的人生图景。能清晰地看到，他本来不想卷入任何党争，只想安安静静地提高自己的才能来报效国家，用自己的肩膀撑起一个温暖的家。可惜，他的大半生都在入世和退隐之间挣扎，在家庭和党派之间挣扎，在自我的坚守和生存的妥协之间挣扎。这就是人生如逆旅，生不知来路，死无忘归途，白驹过隙。此刻在辽阔的乐游原上，李商隐看到的就是红彤彤的落日，那么大，那么温暖，那么瑰丽，但它在一点一点地沉落。李商隐的生命，在这个时候也接近末路。

他去世的时候年仅47岁。回望他的一生，几乎是灰蒙蒙的。他没有当过一个像样的官，亲友反目、被人误解、家破人亡，生命短暂，短暂的生命被抹上浓重的悲剧色彩。一个人为什么活成这样呢？中国李商隐研究会的会长董乃斌先生有个评价："李义山的悲剧不是偶然性的个人悲剧，是一个必然的社会性悲剧。他反映了晚唐社会矛盾一个重要的侧面，在当时大批怀才不遇的下层知识分子中具有代表性意义。"

我很赞同这个观点，一个人跟他的时代是密不可分的。时局可能是他的命运，但还好有那些诗作流传下来。这是什么呢？是一个人面对命运时依然能够选择的活法，它就是从苦难深处凝结出的珍珠，照亮了李商隐这个名字,让我们能够看见它、理解它。

曾国藩讲:"世人读书,第一要有志,有志则不甘为下流。"李商隐经历了那么多的事情,甚至被人说过于华丽和迷离,但是你能看出他的志气。他从出生开始就挫折不断,灵魂深处的那个美,就是一种志气,能够惊艳千年,不会沦为下流。

李商隐写过一首《北青萝》,它比较冷门,我们来读一下,可能就更能理解他的境界。

北青萝

残阳西入崦,茅屋访孤僧。
落叶人何在,寒云路几层。
独敲初夜磬,闲倚一枝藤。
世界微尘里,吾宁爱与憎。

大概意思是说,在夕阳落到山中的时候,我去探访一位僧人,他独自住在这里的一间茅屋里。为什么要去见这个僧人呢?始终没有说原因。但他执意要在黄昏这个时间独自进山,踩着簌簌的落叶,寒云几重路几重地去探访。

由此我们应该知道,他心里是有执念的,那个执念可能是痛苦,可能是难以解脱的迷惑,此刻一定要找到一个相知很深的人,来帮他疏解一下。树林里落叶纷纷,不知道这个僧人距离还有多远;沿着这个寒云缭绕的山路盘旋而上,也不知道走了几重。到了夜幕降临,终于找到了这个人,这个僧人坐在茅屋中,独自地在那里诵经,靠着一枝青藤跟他交谈。此刻诗人忽然之间顿悟,说"大千世界,俱是微尘",我还谈什么爱、什么恨呢?就是最后这句"世界微尘里,吾宁爱与憎",一下子就开阔了,读来让人眼圈发红。

我想到有一首偈语:"一切恩爱会,无常难得久。生世多畏惧,命危于晨露。由爱故生忧,由爱故生怖。若离于爱者,无忧亦无怖。"

人会遭遇各种的痛苦纠缠,"爱别离、怨憎会",世间的情爱都很难长久的。让人遭遇这一切不快乐的源头是什么呢?就是爱。如果你能够不爱,那就无悲无喜,无忧无惧了,你就可以超然。其实这番说法亦是哲学思想。时间,包括世界,其实都是人类发明出来的一个概念,但它会牢牢地把我们束缚其中。如果能够跳出眼前的世界,跳出线性的时间,大千世界是什么呢?无非三千尘埃。什么爱恨、相聚、离别,一阵风就吹散了。有什么好执着的呢?但是能做到吗?

很难呀。如果一生中有那么一个瞬间,你可以做到超脱于大千世界,不被情绪左右和困扰,那也算不虚此行了。

讲到这里,你就在想,李商隐放弃了吗?其实并没有。无论经历什么,那一把经历攥在自己的手心,他把他的生命经验能够写出来、说出来,能够有和别人不一样的感悟,对于他个人的生命来讲,这就是最大的价值。

李商隐的墓地是在现在河南的焦作。我要到焦作去做一场线下的演讲,当地的书友负责人跟我说:"我带你去看他的墓地。"我特别高兴,比起很多著名的景点,一想到这个地方是有李商隐的,我就觉得我不能错过他。我特别想去看看他,我会到那里拍些照片,将来也分享给大家。讲到这儿,我突然想起一首罗大佑的歌,也推荐给大家去听一下,叫《你的样子》。那歌词写得真好:"我听到传来的谁的声音,像那梦里呜咽中的小河。我看到远去的谁的步伐,遮住告别时哀伤的眼神。不明白的是为何你情愿,让风尘刻画你的样子。就像早已忘情的世界,曾经拥有你的名字我的声音。"中间有几句说:"不变的你,伫立在茫茫的尘世中。聪明的孩子,提着易碎的灯笼。潇洒的你,将心事化进尘缘中。孤独的孩子,你是造物的恩宠。"

"不变的你,伫立在茫茫的尘世中。聪明的孩子,提着易碎的灯笼。"这一句就让我觉得,那个聪明的孩子,提着易碎的灯笼,就是李商隐的样子。那么倔强,那么脆弱,他什么也保护不了,但他那么美,这就是我心中的李商隐。

李煜

花间之词,如古玉器,贵重而不适用;宋词适用而少质重,李后主兼有其美,更饶烟水迷离之致。——纳兰容若

虞美人

春花秋月何时了，往事知多少？小楼昨夜又东风，故国不堪回首月明中！

雕栏玉砌应犹在，只是朱颜改。问君能有几多愁？恰似一江春水向东流。

如果说要用一首词来代表李煜，无疑是这一首了。

李煜一生的经历，极富传奇色彩，是别人无法比拟的。前半生他登基为帝，坐拥千里江山，享尽人世间的富贵荣华；后半生，这个万人之上的天子经历国破家亡，沦为阶下囚，受尽屈辱。

时光流转，我们现在来看，李煜最大的身份竟然不是皇帝，而是词人。

在那么多诗词作者里，李煜被称为千古词帝，如果只用一句话来代表李煜，那应该就是"春花秋月何时了"。要想讲透这位千古词帝李煜,就得从《虞美人》说起。它写就于公元 978 年,这一年李煜 42 岁,也就是在这一年,李煜突然死掉了。李煜生在农历七夕,牛郎织女相会的日子,他死也是死在七夕,生命就真的像是画了一个圆。但李煜不是病死的,他是被毒死的,所以《虞美人》是李煜的代表作,也是他的绝命词。

这首词的意思其实非常容易懂,它就像是开口说话,这是宋词跟唐诗最不同的地方。宋词易懂如白话,一上来你就好像看见李煜站在你面前,他开口跟你聊天。说什么呢?说"春花秋月何时了,往事知多少",春天的花朵,秋天的月亮,美好的事物无穷无尽,可往事让人不敢面对,又不得不面对。

这是什么样的往事呢?

"小楼昨夜又东风,故国不堪回首月明中!"这就像那句歌词,说"往事只能回味"。李煜想到了什么?那一定是金陵的万间宫阙,想到了故国的水榭楼台,当年的芳草斜阳,可是这一切都无可挽回,此刻的他只是一个阶下囚。所以"雕栏玉砌应犹在,只是朱颜改"。物是人非,拿着镜子照一照,强烈的对比让人更感悲凉。

那他的心情呢?"问君能有几多愁?恰似一江春水

向东流。"这一句为什么厉害,因为它唤醒了所有人心底里共通的感情,无论你曾经拥有过什么,哀愁或者是欢乐,它都会像这滔滔的一江春水,一去不复返。李煜把愁绪比作向东流去的春水,那种很抽象的情绪,难以把握的心情就变得非常具体,每一个人都能够懂得。

毒死李煜的人是谁?是另外一个皇帝宋太宗。

相传李煜在自己生日的这一天,在自己的宅子里面,让歌妓来弹奏,唱他的这首新作《虞美人》。词作传出去之后,宋太宗大怒,命人赐药酒将他毒死。

为什么一首词就要了一个人的命?这里就要讲透李煜的身份。

有一些人,是用自己的性情来写文章,有一些人是看见什么就写什么,有些人用聪明来写文章,有些人用见识来写文章。可是心头刺一针,滴血,用这个流出来的鲜血来写就词章的,就是李煜。

作为一国之君李煜当然是失败的,但恰恰是这种在政治上的失败,成就了他在诗词和文学史上的地位。清人在评价李后主的时候就说他,"做个才子真绝代,可怜薄命做君王"。君王这个位子一直是很多人争斗的目标,我们看各种宫廷剧,都会发现为了爬到这个位子上，不知道要背后搞多少阴谋诡计，要死多少人。

可是李煜呢？他从来就没有想过我要当帝王，结果真的是命运捉弄，偏偏把他推上了这个位子。

这一切是怎么发生的呢？李煜出生在乱世，这就要牵扯到当时的时代背景——五代。

公元 907 年，朱温灭掉了唐朝，中国的历史上开启了一个比较动荡和黑暗的时代，叫五代十国。连年战争，到处都在死人，还出现很多精神不太正常的君王。这是一个大分裂的时期，直到北宋才通过战争重新完成大一统。

南唐的开国君主叫李昪，他是李煜的爷爷。开国的君主往往都是强人，否则他无法掌控局面，他们经历了战争，他们有智谋，有管理能力，魄力也是一般人不能比拟的。南唐的这块疆土也非常得天独厚，它是南方势力最强的国家，据有江淮三十多个州，比如说现在的安徽、江苏、江西、湖北的东北部分、福建的西部等等这些地方，当年都属于南唐。所以这个政权控制的地盘大，物产丰富。

和南唐对应的有一个文人都很爱的词——江南。江南非常风雅，文化娱乐生活繁荣，人们喜欢文学，即使是日常生活也特别讲究审美。

从李昪到李煜的父亲李璟,都是文学爱好者,他们都是文艺男中年,都写词。在李煜之前,南唐的词人里面最出名的是谁呢?就是他的老爹——李璟。生在帝王家的李煜其实一直都喜欢写词,一直都是一个多愁善感的人。他是李璟的第六个儿子,算不上是很显眼的,他的理想也从来都不是当皇帝,他想干什么呢?李煜的作品里面一首不大出名的《渔父》,就非常能够代表李煜的性格。

渔父

阆苑有情千里雪,桃花无言一队春。

一壶酒,一竿身,快活如侬有几人?

阆苑是什么地方呢?是传说中仙人居住的地方,不接地气的。《红楼梦》里面说贾宝玉和林黛玉,一个是"阆苑仙葩",一个是"美玉无瑕",这个"阆苑仙葩"说的就是林妹妹,是从天上掉下来的奇女子。

"阆苑有情千里雪",对谁有情啊?自然是对我自己!我是个什么人呢?我就是住在仙境里的人,而且是个渔夫,"一壶酒,一竿身","一竿身"就是一根鱼竿,"快活如侬有几人?"读到这你就懂了,这个身为皇子的李煜想要的是什么?想要当个渔父,而且他不是什么凡尔赛,他就是觉得渔夫自由自在,我如果能够这样过一辈子,就很开心。

这首词读完,你眼前就能很清晰地浮现出这个人的样子。

一个翩翩公子哥,他生活在桃花源里,想躺就躺,想睡就睡。跟自然特别友好,看花、钓鱼,山水不说话,但山水之间站着排成一队的春天来欢迎。美吧?逍遥吧?这个就是李煜的性格。

我之前讲过《逍遥游》,李煜的想法实在很有老庄的风范。自在,无为,很散淡,喜欢躲避。李煜不关心朝政,他没有立过什么实际上的功勋,他不参与皇子的竞争,对天下局势也不怎么关心,他生活的重心就是读他的书,写他的词,性格中有非常静默和退避的特征。李煜虽然没有任何的政治野心,但一直被他的兄弟们忌惮,大家为什么戒备他?因为他的长相。好玩吧,那他长什么样呢?有史书记载:李煜,广颡,丰额,骈齿,一目重瞳。

解释一下,"广颡"就是额头特别宽阔,据说这是天生的大富大贵之相,武则天就长这样。"骈齿"是什么意思呢?就是龅牙,我们现在觉得这个龅牙肯定是不好看的,得去箍个牙齿,但是在古代按照古老的相书来说,这是圣人长相,孔子就是龅牙。那"一目重瞳"又指的是什么呢?就是李煜的一个眼睛里面有两个瞳孔,双瞳孔,叫双瞳人,这个也是圣人的长相。西楚霸王项羽,上古的舜帝,造字的仓颉,据说都是重瞳。所以李煜生下来以后,大家一看,哇了不得,相貌非凡,长这种模样的人命中注定是要当皇帝的。而且李煜又擅长书法,又擅长绘画,通晓音乐,是个大艺术家,性格上非常温和,人缘好。皇上老爹自己也是一个文艺青年,所以李璟非常喜欢自己的第六个儿子李煜。

在李煜一天一天长大的过程中,整个南唐的局面是什么样的呢?

李煜的爹爹李璟在位19年,其中有14年都是在打仗的,而且主要是打败仗,被打得割地迁都,还要向北方的强国进贡。他的爹爹就不是一个称职的皇帝,没有守护好从他爷爷手里接下来的大好江山。之前他爷爷一直教导他爹爹说不要打仗,好好地休养,防御为主，守住这一片疆土就可以了。可是他没听，最后搞到大好江山满目疮痍。

公元961年，李璟去世了，留下的这个烂摊子有多烂呢？

经过连年战争，开国皇帝交到李璟手里的江南二十九州少了一半，这一半都是被别人抢走了。开国皇帝留下来700万戎器金箔被挥霍一空，家里没钱了，国库被掏空，山河破碎。

更加没运气的是，李煜的哥哥们接二连三地因为各种缘故都死掉了，白发人送黑发人。到了李璟病重的时候，他想着我得立个太子，那立谁呢？这时候已经没有合适的人选了，这个已经一地废墟的国家就推给了李煜。

公元961年的六月，李煜毫无准备地登上了南唐的帝位，他是被迫的，被迫当帝王，被迫成了南唐的后主。

李煜一当上皇帝，就干了一件事，他给宋太祖赵匡胤上了一道表，他在这个表上说："惟坚臣节，上奉天朝。"什么意思呢？就是我掏心窝子地跟你讲，投名状，我压根没想当君主，结果没想到这个位子竟然传到了我这。对不起，我就想安于现状，安安稳稳地给赵宋做一个附属国，你赵匡胤是父亲，我李煜做儿子，我把所有的好东西都进贡给你，你让我过个太平日子就好了。

读史读到这里，你看见这八个字，是不是也长叹一声：太窝囊了！不管我们有多喜欢李后主的词，但是在帝王这个位子上，他显然非常不称职。身为一个帝王，他非常天真和幼稚，认为说只要我不惹事，我听话，那我就安全了。李煜的这几个字，相当于交出了自己的底牌，他把底牌交出去了，日子就会过好了吗？绝不会。

公元971年发生了一件事，就完全可以看出来他的处境。

这一年秋天，李煜派自己的弟弟李从善去宋朝进贡，史书上没交代清楚李从善到底是他的第几个弟弟，好像排行到了第十一还是多少。李煜跟李从善，兄弟感情非常好，结果李从善被扣留在了汴京。

到了974年，李煜请求宋太祖，说你能不能让从善回来？没有得到允许。李煜非常想念这个弟弟，就常常痛哭。你看这也是一个很没出息的人对吧，弟弟都回不来了,他也没有想具体对策,就是哭,感觉挺没有用。

到了第二年的春天,李煜哭呀哭,就给他的弟弟写了一首词,叫《清平乐》。

清平乐

别来春半,触目柔肠断。砌下落梅如雪乱,拂了一身还满。

雁来音信无凭,路遥归梦难成。离恨恰如春草,更行更远还生。

意思是说鸿雁已经飞回来了,但是你的音信却一点都没有,毫无依凭。路途这么遥远,你要回到家乡的这个梦也非常难实现,我们两个分开很久了,我非常想念你的。这种离恨就像春天的野草,越走越远,但越远越是繁茂。字字动人,可也叫人生气,怒其不争。

李煜生下来,因为长相被认为他一定要做帝王。可是事实证明,他确实没有圣人的本领,也没有圣人为人处世的智慧,他在君王的位子上从来都没有想过,即便已经这么听话了,赵匡胤的军队依然会渡过长江,把南京城整个包围起来。

说说南唐,南唐是公元937年建立,975年亡国。不到40年的时间,先后经历了三代君主——开国皇帝李昪,然后李璟、李煜。金陵被宋朝的军队攻破后,李煜率领他的亲属、随员,就是身边最亲近的45个人,肉袒出降,告别了有着无数美好回忆的江南。

这次永别,李煜留下了一首词叫《破阵子》,记录了当时的情景和内心的感受。

破阵子

四十年来家国,三千里地山河。凤阁龙楼连霄汉,玉树琼枝作烟萝,几曾识干戈?

一旦归为臣虏,沈腰潘鬓消磨。最是仓皇辞庙日,教坊犹奏别离歌,垂泪对宫娥。

词不长,但是非常扎心。开头第一句"四十年来家国,三千里地山河",突然之间,李后主不再是帝王了,为什么?他重新发现了自己。再说得准确一点,是重新发现了自己在这个位置上的痛苦。

国破家亡之前,李煜的词大多描写宫廷里的莺歌燕舞和贵族生活,就是富贵人作温柔语,他没有什么很特别的性情。成就高吗?那怎么也超不过温庭筠了。但是当李煜经历了亡国——"仓皇辞庙日",突然间,这个富贵中的小羔羊发现了如此境遇下,自己的内心感受竟然是这样的。激烈的冲突之下,那种痛非常真实,而且是别人无法感同身受的。所以这也是李煜词作上的一个转折点,从此以后,李煜的每一个句子都是字字血泪。

四十年指的是南唐历经三朝,首尾三十九年,就以四十年作为概数;"三千里地山河",南唐曾经国土辽阔,二十九州三千里,那么繁华,所有人都说这是风雅之地。

可是城破之日是什么模样呢?"最是仓皇辞庙日,教坊犹奏别离歌,垂泪对宫娥。""仓皇"是什么感受?赵宋的军队是从开宝七年,就是公元974年开始南征,一年时间,金陵城就破了,而且金陵城破的时候,李煜在干什么呢?他在围城里面写一首词,叫《临江仙》。

据说那首《临江仙》只写了上半阕,下半阕还没有写完,城就被攻破了。即便是打了那么久的仗,国都都被围了,李煜依然没有做好国破的准备。金陵城破的时候，李煜和他的宰相汤悦，还有其他45个人，赤裸着自己的身体，在城门外面对赵宋的军队。一个君王毫无自尊，表示我要投降了。国破投降？李煜永远准备不好，等它真的到了，还是如此之快的时候，李煜也只有放弃尊严。亡国之君，自杀殉国的不在少数，有人说李煜你能不能也有气节一点？其实他想过的，他原本也是想自杀殉国的，史书记载李煜欲自焚，未果。看来李煜还是一个软弱的人，身边估计有很多人拦着、劝着、警觉着，总之，最后君王李煜就率领着他所剩下的那些臣子们投降了。

祖孙三代历经四十年建立起来的基业，是在李煜这里毁于一旦的。这个锅当然不能李煜一个人背，但在他的眼前发生，所以对他的冲击非常大，正如词里那句"几曾识干戈"。他没经历过什么大事，是一个扛不住的人，城破的时候出门投降，他听见的是什么？感受到的是什么？

"教坊犹奏别离歌"，就是他的宫廷乐队，那些宫女们、歌妓们依然在那里唱歌，用悲伤的音乐来表达此刻的心情。这个非常文艺的君主，耳朵竟然只能听见音乐，其他的都没有放在眼里。面对如斯情形，他"垂泪对宫娥",这一句当然非常凄凉,可是苏东坡看了最后一句却很生气,他点评李煜说:你都仓皇辞别祖庙,国破家亡,你一心想的还是那些宫娥,对着她们只顾默默地流眼泪,你这也太不像话了。

确实,李煜是一个很败家的君王。他李煜是一个性格软弱的人,没有能力保护自己,当然也没有能力保护别人。作为富贵闲人,他根本不是一个能够战斗,守住祖业,反抗强权的人,他心里头就没有建功立业的志向。这样软弱的李煜也有他的好,他对别人有着同情和悲悯。因此这个时候,他看见那些宫娥、侍从们在那里哭,他也不忍心,相对垂泪。眼泪一半是为自己流,一半也是为自己身边那些人,你们好歹跟我相处了这么一场,服侍我一场,我现在怎么对得住你们呢?我也没有办法好好地安排你们,我这一走也不知道是什么结局,你们更加颠沛流离,不知道未来会有什么样的际遇。此时,李煜的眼泪还是很文艺,哭的是自己,也哭的是别人的命运。这眼泪,不过是李煜反抗命运的武器罢了,除了眼泪,他再也没有什么东西能够拿出来反抗命运和强权对他的折磨。

讲到这里,补充一个细节,就是赵宋发兵攻打金陵之前，南唐已经有各种各样的压力了。李煜也不是个傻瓜，他感受到一触即发的战争讯号，就陆续派了很多使者到宋朝去斡旋，他想要谈和。使者在赵匡胤的面前慷慨陈词，说看我们江南进贡这么多年，像儿子一样地侍奉父亲，李煜有什么罪过呢？你能挑出什么毛病呢？你不能再威逼我们了，你也不能对我们出兵，这样是不道德的。使者非常慷慨激昂，宋太祖怎么回答呢？赵匡胤手持利剑，愤怒地斥责使者说："不须多言，江南亦有何罪？"对，江南就是没什么罪，赵匡胤也知道，但话锋一转："天下一家，卧榻之侧岂容他人酣眠？"天下都是一家，既然这家都是我的，我躺着睡觉，你躺我旁边，怎么可以？强者的帝王之气瞬间迸发，"卧榻之侧岂容他人酣眠"也成为流传已久的名句。这句话，成为封建时代那些王霸雄主们的一个信条，他们心心念念地认为，卧榻周遭只能由我一个人说了算，哪怕为此大动干戈，生灵涂炭。

　　南唐灭亡之后，李煜被迫到了汴京，就是现在的开封。

　　李煜成了阶下囚，那日子过得怎么样呢？有一首词很具有代表性，叫《相见欢》。

相见欢

无言独上西楼，月如钩，寂寞梧桐深院锁清秋。

剪不断，理还乱，是离愁。别是一般滋味在心头。

在中国诗词的历史上，我个人认为写愁写得最好的两位词人，一位是李煜，一位是李清照，他们两个人的愁有相似的地方，但是更多的还是不一样的。

李煜的愁来自国破家亡，命运改变；而李清照的愁更多的是思念之愁。这首《相见欢》中出现的梧桐、深院、清秋的意象，如剪影般，无一不在营造凄凉的氛围，尽显李煜内心的孤寂之情。"剪不断，理还乱，是离愁。"李煜把离愁比作丝线，千丝万缕，剪也剪不断，难以排遣。王国维在《人间词话》里面点评说："词至李后主而眼界始大，感慨遂深，遂变伶工之词而为士大夫之词。"这句话在讲什么呢？就是李煜的词直到这个阶段，才真正地有了它无可替代的价值。

这个价值是什么呢？就是这个作家为谁代言，"伶工之词"为谁代言呢？那些宫廷、闺阁中的女性，多愁善感，类型为闺怨或调情，多小情小调，重脂粉气，李煜前期的词就是这样的"伶工之词"。

但亡国之后，李煜的词开始转向，王国维认为，李煜的词真正成为士大夫之词，眼界大，感慨深，思考深入，有境界。从国破家亡、人生沦丧之后，李煜就像哲学家一样，他一遍一遍地拷问的是什么呢？是人生的意义，是我们来这个世间一遭之后，必须要面对的那些不可回避的核心问题以及我们为什么活着。所以在后期，李煜的词中有很多的问句，比如"人生愁恨何能免，销魂独我情何限""胭脂泪，相留醉，几时重""春花秋月何时了"都是如此。全是问号，他就是不停地在质问，质问命运，质问对人性的理解，质问自己内心的感受，他把自己全部敞开了放在了词里。这个时候才是李煜真正获得大境界的时候，我们说："帝王已死，词人永生。"

回到金陵城破那一日，如果我们现在是在拍电影，那个情景真的是让人记忆太深刻了。对李煜来说那叫什么呢？叫虽生犹死。九五之尊，一直是高高在上的，这一天，这一刻，赤裸着身子，让所有的人围观，去恳求那些将士、军兵饶过他的性命，奇耻大辱。接下来跟李煜一起北上的，除了他的臣子，他的随从人员之外，还有他的女人们，这个队伍中间，就有大名鼎鼎的小周后。

这一群人离开金陵一路北上渡长江,不时地回头望自己的故乡,都在哭。等到了汴京,李煜穿着白色的衣服,戴着纱帽,长跪在明德门楼前,这是什么意思?打扮成这样叫罪人之身,以罪人之身等待接受宋太祖赵匡胤的惩罚。

宋太祖真的是非常辣手的人,他狠,但是他也狡猾。这个时候,他知道李煜完全是一个弱鸡,没有任何还手能力,所以他也不杀李煜,他还给李煜封了一个侯。也许你会说那他对李煜不错,可是封的这个侯叫违命侯,就是说你不听话,这个是莫大的嘲讽。我不杀你,可是我羞辱你,这真的比直接杀了你还难受。

李煜沦为阶下囚,他过着什么样的日子呢?词里面有,我们来读一首。

相见欢

林花谢了春红,太匆匆。无奈朝来寒雨晚来风。
胭脂泪,相留醉,几时重?自是人生长恨水长东。

这首词写在李煜被俘北上,留居汴京大概两年多的时间点上。被囚禁的生活让李煜感觉非常痛苦,他给金陵旧时的宫人写信说:"此中日夕,只以眼泪洗面。"这首词表面上看是写暮春,春天要过去了,林间的红花匆匆地凋谢,两个重点词,一个是无奈,"朝来寒雨晚来风",另外一个是长恨,飘落遍地的红花被雨水淋湿,就像是美人脸颊上的胭脂和着泪水流淌,所以叫胭脂泪。这个花和怜花的人相互留恋,"相留醉,几时重",什么时候才能再重逢呢?"自是人生长恨水长东",人生从来都是令人遗憾和怨恨的事情太多,就像东逝的江水,不休不止,永无尽头。

字字句句看着是在写暮春,花朵凋零的无可奈何,实际上是人生的无可奈何,这就和"昔日王谢堂前燕,飞入寻常百姓家"一样,既有不可挽回的怅惘,又有人生无常的感慨,词中真意让人动容。

回想往事,心里面是有情绪的,这个情绪用长恨来形容。恨什么?李煜的《子夜歌》就是答案。

子夜歌

人生愁恨何能免,销魂独我情何限!故国梦重归,觉来双泪垂。

高楼谁与上？长记秋晴望。往事已成空，还如一梦中。

开头那两句"销魂独我情何限"特别适合用在我们自己有挫败感却不被理解，或者你都没办法跟人说的时候。放在李煜这里，就是此刻我这个人，我心里面的这个滋味，别人都没办法感受到。我梦见自己重回故国，可一觉醒来，怎么办呢？只有眼泪垂落。看懂了这首词，再来看王国维在《人间词话》里有一句话说："天以百凶成就一词人。"什么叫作"百凶"？凶就是摧残、折磨、压迫，给你一百次一万次的折磨，要彻底地摧毁你、消灭你。很多的名著，像《老人与海》《平凡的世界》，其实写的都是这个，你要遭受命运一万次的打击和羞辱，但是不同的人在这个过程中，会产生不同的态度。

李煜是什么样的态度呢？他形成了对人生悲剧性的彻底了解，这个转折让他大彻大悟，成就了一个伟大的词人。

说他伟大，李煜的确影响力巨大。

在他活着的时候就是这样。李煜被囚禁的期间，发生了一件事，宋太祖赵匡胤驾崩，宋太宗继位，也就是赐他毒酒的这个人。宋太宗是宋太祖赵匡胤的弟弟，他心狠手辣，非常有政治手段。我们想一下，宋太宗看到李煜经常在这里写词，经常在这里说反话，经常在这里表态，心里会怎么想？第一想法就是你真要作死对不对，你还跟我讲故国，你有什么国？我不杀你就已经很好了，你还在这里讲你愁你恨，你动不动流眼泪，想干什么？于是这年七夕，宋太宗授意他的四弟秦王赵廷美，赐给李煜毒药，名为牵机药，把李煜毒死了。据说牵机就是马钱子，剧毒，如果吃了它，人会抽搐、痉挛，以非常惨烈的姿势痛苦地死掉。李煜就是被这种毒药杀掉了。李煜曾经写过一首词，我非常喜欢，叫《浪淘沙》。

浪淘沙

帘外雨潺潺，春意阑珊。罗衾不耐五更寒。梦里不知身是客，一晌贪欢。

独自莫凭栏，无限江山，别时容易见时难。流水落花春去也，天上人间。

这首词最后的四个字"天上人间",我们现在已经非常熟悉了,这四个字多美好。人生是没有定数的,但人生有不同的境界,这个境界就是从天上到人间,就在这么遥远的距离里面发生,一切都是变化的,你在哪一层呢?李煜发现,我是没有着落的,我从君王沦落成阶下囚,终日以泪洗面,无尽无穷的轮回都在其中,这四个字充满着禅意。

再说"梦里不知身是客",这个客是什么客呢?是那个在南唐的李后主吗?还是说我们每个人来到人世间,都是匆匆过客呢?

天地悠悠,过客匆匆,潮来又潮往。白驹过隙,其实一生没那么长,在李煜看来,最终生命的大悲剧就是让他体会到了人生中的所有经历都恍若一梦,眼前的一切都是靠不住的。你用的这些小玩意,你喜欢的这个人,你留恋的大房子和这些社交中的牛人,哪一个能够留到最后呢?人生天地间,犹如远行客,这种感慨,已经上升到了哲学的境地,它是生命意识的觉醒。在此之前,浑浑噩噩地跟着时光往前走,虽有小烦恼、小快乐、小确幸,但是现在不一样了,突然之间,你超脱出来,低头再看,这些众生都像蚂蚁一样，可是你的悲欢已经跟他们不相通了。潘知常先生就用了一个词来解释李煜在亡国之后的作品，叫"边缘处境"。

这个词非常准确，什么叫"边缘处境"呢？人在面对死亡、痛苦、战争、犯罪以及突如其来的变故时，好似一堵墙在你面前，穷途末路下你只能一头撞上去，无处可逃。当一个人处于边缘状态的时候，现实中全部的可疑性就会突然闪现出来，所有你曾经认为安全的、认定的、不会有问题的东西，原本支撑你所有的经验，支撑你的生活往前走的东西瞬间消失了，一种巨大的荒谬和无措席卷了你。当一个人处于边缘处境的时候，理性很容易彻底崩溃，这种体验是非常震撼的。一旦经历过这些，可能就会意识到名声是不可靠的，利益是不可靠的，亲情是不可靠的，一切都充满了不安全感。这不是很悲观吗？到最后人依靠的究竟是什么呢？你最重视的是什么呢？这就是李煜的问题。

他一生的变故，促成了他持续地深入思考，一层一层朝自己的内心看，到了亡国这个节点上，内心陡然转折，就像武侠小说里的主角在神奇际遇下突然打通任督二脉，修成绝世武功一般。这种磨难也成就了填词界的李煜,让他从一个无能的帝王成为成就最高的词人之一。"梦里不知身是客,一晌贪欢"是李煜对往日那种繁华生命的留恋,然后突然他就转向现实,现实是什么呢?非常残酷——"流水落花春去也,天上人间"。你看,所有东西都会逝去,从天上到人间任你来去,但只要你想通了,什么都拦不住你。这已经有了一点道家思想的味道了,看破了生命也就不执着于生命了。若是想到这里,其实也意味着这一生就走到头了。李煜的起落,从帝王到阶下囚的经历带给他文学和审美上的成就,迄今为止余韵仍在。

李煜因牵机而死,还把一个女子牵连进来了,这个人就是小周后。李煜有两位皇后,一个叫大周后,一个叫小周后,小周后是大周后的亲妹妹。李煜18岁和大周后成婚,夫妻两个人非常恩爱。大周后不光长得美,她通书通史,善歌舞,尤其善于弹琵琶,就是和电视剧里江南琵琶第一人宋引章比也不遑多让。用我们今天的话来说,大周后是一个很有艺术感的女孩子。而且大周后很会打扮,她是当时南唐的时尚标杆,大周后发明了一种高髻发型,头发梳得特别地高,配以纤长的脖颈、轻薄的服饰,飘飘欲仙,加上首翘鬓朵之妆，更是风靡一时，许多女子都去效仿她的打扮。这个造型有点像壁画中的飞天仙女，好像随时要飞走。文艺青年李煜跟大周后实在很般配，是人间一对风雅的妙人。可惜好景不长，他们恩爱夫妻不到头，大周后不到30岁就病故了。大周后过世之后，李煜常常会抱着她留下来的琵琶，去看她经常戴在手上的玉环，独自落泪。李煜是个长情的人。

大周后的病故算是李煜前半生中比较大的一次打击，做惯了富贵闲人的他没受过什么折磨，中年丧妻后李煜的厄运就来了。后来他又中年丧子，国运急转直下，一步一步地迈向了衰弱。在这个阶段，陪伴在李煜身边的女人是小周后。

大周后病重的时候，小周后常常到宫里面去看望自己的姐姐，大周后也很疼爱这个天真烂漫的漂亮妹妹，她万万没有想到，小周后和李煜有了私情。李煜不太愿意让大周后知道他和小周后的这点事，所以跟小周后也是偷偷地约会。这种脚踏两只船的做法在我们现代人看来，简直太渣了。但是把李煜放到他的时代里面去看，皇帝后宫佳丽三千实在是很平常的。李煜之所以偷偷约会也是担心两人私情对大周后刺激过强，毕竟小周后是大周后的亲妹妹。本来这件事知道的人都不敢说，可是《菩萨蛮》写得太直接。

"花明月暗笼轻雾"是说晚上的环境，花在亮处，月亮暗暗的。"今宵好向郎边去"，光线不明，我就趁着黑偷偷地到你那去，今天是个好时辰。怎么去呢？"划袜步香阶"。只穿着袜子不穿鞋，贴地行走，悄悄地没有声音。"手提金缕鞋"，把那一双用金线、珠宝层层绣起来的华丽的鞋子拎在手里。偷偷约会在哪见？"画堂南畔见"。见到以后怎么样？小周后的这种情态非常娇憨，"一晌偎人颤"，我来的时候提心吊胆的，一见到你一下子扑到你的怀里，依偎在那里，很是小鸟依人。然后她说什么？"奴为出来难"，这个奴家就是自称，我出来一趟真是太不容易了，担惊受怕的，所以"教君恣意怜"，这里就很性感。

这首《菩萨蛮》记载了李煜跟小周后之间的故事，后来这件事也被大周后知道了，爱情和咳嗽一样无法隐瞒。大周后非常生气，很快就香消玉殒了。陆游就曾经记载过，说李煜在群花中间建了一个很小的亭子，雕刻得特别华丽，仅仅能够容纳两个人。两个人是谁？自然就是李煜跟小周后。这个亭子，也许就是词里面那句"画堂南畔"。在李煜的心里和眼里，小周后楚楚可怜，是一朵又娇羞又柔弱的解语花，而且小周后非常乖巧和伶俐，能激发起男人的征服欲和保护欲，对李煜这么软弱的人来说，有一个女人如此依赖他，实在是个大诱惑，所以他对小周后是非常非常沉溺的。公元968年，小周后就被李煜立为继室，她当然非常得宠，享受着皇后的待遇。我们了解古人，要把他放在他所处的环境和时代背景中看，我觉得李煜对大周后的确是真爱，他的一往情深并非虚假。和小周后的故事，是有一点点不伦，但是最后这个感情也是真的，浓烈程度比大周后也有过之而无不及。李煜就是这么一个又多情又深情的人。

南唐灭国之后，小周后就跟李煜一起成为俘虏了，她到了汴京，被封为郑国夫人。日子过得好吗？每隔一段时间，这种有封号的夫人们就要到皇宫里面去朝谒，要拜见一下，混混社交圈。小周后每次一入皇宫，就会在宫里待上好几天，每次出宫回来必然大哭，必然痛骂李煜，必然发脾气。后来李后主一旦遇到小周后从宫里回来，他就躲，他就藏起来，不想回他们的家，说："此非吾家。"

为什么，小周后进一趟宫就性情大变了？不知道。后来到元朝人那里，出现了一幅《宋太宗强幸小周后》的绘画，据分析，这种情形可信度极高，小周后是当时有名的美人，李煜又没有足够的能力保护她，可以想见她宫中的遭遇定然不堪。李煜成了亡国之君，连自己心爱的女人都无法保护。李煜死掉后不久，小周后也猝然离世。现在掉过头来看，不禁感慨。

李煜的确是一个帝王中的才子，但他又是才子中的帝王，他的才情，一半是天赋，一半是命运。他一生的际遇时好时坏，根本就不在他的掌控之中。亡国，一切都变成了无奈，李煜守不住江山，掌控不了世事，也无力保护自己的女人，那只有在词里，他可以放任自己，信马由缰，开疆拓土，把自己所有的心情都倾诉在白纸黑字上，参透了人生的大起大落。

《红楼梦》的作者曹雪芹就把李煜称为古之伤心人。曹雪芹也是文人，也经历了家族败落和命运的跌宕起伏，也许更加能够认同富贵之人突逢巨变的心境转变。

曹雪芹一直认为女人是水做的,他在《红楼梦》里面写了那么多美好的女子,似乎正是因为这些女子,这个人世间才有大观园,才那么精彩。曹雪芹认同李煜是伤心的,或许也是惋惜李煜身边的这些女人的命运。

亡国入宋之后,李煜还写过一首词,叫《忆江南》。其实他写过很多首《忆江南》,我着重要讲其中的一首。

忆江南·多少恨

多少恨,昨夜梦魂中。还似旧时游上苑,车如流水马如龙,花月正春风!

熟悉吗?车如流水马如龙。你以为它是抒情的句子吗?如果放在李煜的生命中来看,其实非常伤感,仿佛在低诉:"我有许多的恨,昨夜梦中的景象,就好像我还是金陵的那个君主,到上苑去游玩。眼前的宝马、香车像流水一样地穿过,那些锦衣、优美的侍从,像长龙一样川流不息。"

那是景色优美的春天,还吹着融融的春风。江南,这个梦中的故国,是李煜再也回不去的地方。而有些人有些事,一旦错过就不再,只有花月春风,恰似一江春水向东流,一直让我们吟诵至今。

「春山可望」

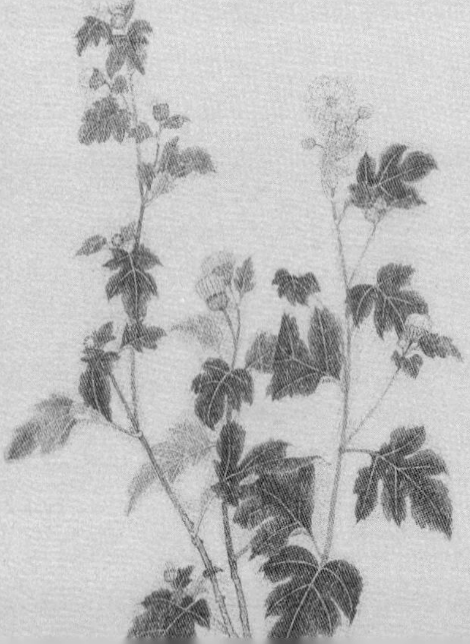

李清照

宋人中填词,李易安亦称冠绝。

——杨慎

读透李清照。到底什么叫作读透？它不能浮于表面，透彻意味着理解得充分和深入。对我来讲，这个过程就像是考古发现，一定要去还原现场。诗词就在那里，要通过这些作品来发现被诗人的生命带走的东西。所以我也希望大家跟我一样，一步一步慢慢地接近这个系列。

我们在上学的时候就能熟练背诵这段话：李清照，宋，号易安居士，山东历城人。李清照在诗词上的成就很了不起，一直被人念念不忘，有"千古第一才女"之称。易安居士是李清照的号。在李清照之前，很少有女子的别号如此出名，有的女子甚至连名字都没有。有别号，有"易安居士"盛名留世，古往今来诸女子唯有李清照。

那李清照的东西写得好吗？她的作品散佚了许多，至今留下的每一篇几乎都是精品，这是非常难能可贵的。

李清照是宋朝山东历城人，这地方现在是哪里呢？就是济南。济南有两张文化名片，李清照和辛弃疾，又合称二安文化。我也非常喜欢辛弃疾，后文我就会给大家讲。今天我们如果去济南旅行，柳絮泉边有李清照的故居，她的纪念堂则坐落在趵突泉边，是一个大概三百多平方米的院落。我们接近李清照的第一步就得了解，在众多的才女里李清照是什么样的才女？如此惊艳卓绝，前无古人后无来者呢。这背后有讲究，涉及到一个字——士。叶嘉莹先生曾经说过："我是穿裙子的士。"意思是我虽然是女性，但完全按照古代士人的标准来做人、来处世。那么古代士人的标准是什么呢？第一学识，第二德行。

基于这样的文化背景，我们就能讲清楚李清照为什么稀缺。她是一个闺房里的士人，在那个年代，她做了男子才能做的事情，所以她是一朵传统文化开出来的花。

2022年的诺贝尔文学奖颁给了法国女作家安妮·埃尔诺，这不是法国作家第一次获奖了，但是是法国女作家第一次获得诺贝尔文学奖。从此以后，她，女作家，和他们，所有的获奖者就有个共同的名字——诺奖获得者，不分男女。

李清照就开创了这样一个局面，古往今来才女是非常多的，李清照能够成为才女代表，她有自己非常独特的一面。大家先记住一句话，什么是才女？才女重点是才而不是女。弄明白这个重点，就找到了打开李清照的方式。

李清照究竟长什么样？宋代没有照片，我们不知道，但我们看很多画家描绘李清照的肖像，一个清丽柔美的女子，我想这应该是比较真实的，"腹有诗书气自华"，李清照一定是好看的。世人判断一个才女的标准靠什么呢？专业。你的学识你的才华必须都过硬。和大多数女子相比，才女其实更加中性化。

我就在想，真实的李清照，她喝酒、赌博、写文章的时候，肯定常常忘记自己的性别，或者说不是忘记，而是刻意忽略了性别。

在古代，能青史留名的才子很多，才女不常有，这当然不是因为女性比男性笨，它反映的是那个时代女性教育的不足。从功利的角度讲，古代男子读书、练武，可以去考取功名，光宗耀祖，实现"朝为田舍郎，暮登天子堂"的命运巨变。但是女性，即使读书习武也缺少"用武之地"。一旦家庭资源有限，就会选择先供男孩读书，女孩子缺乏受教育的机会，也就没可能取得非常大的成就。

在中国古代,女孩读书不一定受到鼓励。在《红楼梦》里,林黛玉初进贾府就听说迎春、探春、惜春姐妹们读书,可老太太却讲:"无非是识得几个字罢了。"但同时你会发现《红楼梦》里大观园里的生活很精彩,比如说开诗社,简直是现在的文学奖颁奖现场,这也非常真实。在中国古代,女孩读书不一定受鼓励,但才女一定是受到鼓励的。

和普通女性相比,古代才女地位很高,为什么呢?首先,能够培养出一个才女,是父亲的光荣,说明他的家族是体面的,是清流。其次,能够娶到一个才女是夫家的光荣,说明夫家也是有地位的,否则你讨不到这样的老婆。当然,这两个角度都充满男权的凝视,在今天看来很不可取。身为一个才女,除了不能建功立业,她们其实活得很有意思,很跨界。李清照就是这样,她不但像男性一样斗茶、饮酒、结社、唱和,她也和父亲、丈夫,和身边的那些男儿郎一起分担着国家社稷的命运。李清照的一生,是一个非典型的闺秀才女故事。

李清照原生家庭条件很不错,称得上书香世家。李清照的父亲李格非,他一辈子都在做掌管文化教育的官,是一个典型的清流。

李格非是进士出身。科举制度下考中进士还是难的,有的人到80多岁还没有考中进士。李格非是靠才华起家的,虽然他很晚才做到了五品官。李格非是个纯粹的读书人,诗文写得很好,而且他跟苏东坡的交情非常好,算是苏东坡的后学,被称为"苏门后四学士"之一。

我们再来说说他们的家族。李格非的岳父,也就是李清照的外祖父,叫王珪,做过宰相。他的文学成就并不是那么大,但是常常伴在皇帝的身边,跟才子们往来,所以他们家很有影响力。李清照的母亲也是一位大家闺秀,非常可惜的是,李清照大概一两岁的时候,她的生母就去世了,后来她的爸爸又娶了一位夫人。李清照的继母是另一位宰相王拱辰的孙女。李清照的家族确实显赫。

说句题外话,李清照继母有一位娘家侄女,嫁给了奸相秦桧。虽然这跟李清照没有什么关系了,不过我们可以看出来李清照的这个家族,父亲、岳父、母亲、继母等等这些人,都是世家子弟。所以才女是熏出来的,拿什么熏呢?当然是拿教育熏。这样的家庭一定有一个优势,文化优势。

李格非40多岁才生了李清照这个女儿,士族家庭怎么教育孩子呢?我们就看一下李清照的名字,清照,像不像王维的那首诗,"明月松间照,清泉石上流"?这是一种什么状态呢?自然的状态,而且是一个有气质、有风骨的状态。李格非其实是把女儿当作男孩子来养的,他在教育上相当开明,女儿有才华,他不仅毫不掩饰,反而天天发"朋友圈",招呼自己的好朋友们快来看。而李清照所展现出来,也不是我们传统观念中大家闺秀笑不露齿,坐下来都端端正正,裹着小脚的样子,她根本不是这种状态。

李清照是怎么成长的?我们在她的诗词作品中就能看得到,来读一首《如梦令》,这是我非常喜欢的一首小令,也是李清照很擅长的题材。

如梦令

常记溪亭日暮,沉醉不知归路。兴尽晚回舟,误入藕花深处。争渡,争渡,惊起一滩鸥鹭。

青春就应该是这样,让所有的日子都来吧,明媚艳丽,像梦境一样。我猜测写这首小令的时候,大概李清照是住在济南老家的,因为她十六七岁的时候,就跟着做官的父亲到了汴梁，而这个时候还在老家享受着美好的风景和无拘无束的生活。

李清照特别爱玩，也特别会玩，玩什么呢？这首小令里有记载，起笔很平淡，像写日记。"溪亭"是地点，"日暮"是时间，日暮时分我们一群十六七岁的小女孩跑出去划船，在船上弄一点小零食，喝点小酒，一边划船，一边唱歌，聊着天，看看满天的晚霞和灿烂的落日。一不小心都喝多了，酒驾之下掌不好舵，船一下子窜到荷花堆里去了。这些女孩子笑着闹着，甚至要比一比，"争渡，争渡"，看哪一艘船划得更快。这两个争渡，就把动态的景物和少年意气融合在一起，这个人好像就站在你面前，贪玩、活泼、大胆。我们以前认为大家闺秀是大门不出二门不迈的，而且女孩子在一起，无非就是绣绣花、聊聊天，所以人的那个气质就显得过于娇弱。但这是一般的女子，对于李清照来说，闺阁生活显然不是这样。民间关于李清照的爱好其实是有考证的，有这么几大特点，好酒、好赌、爱旅行，从"沉醉不知归路"开始，她十几岁就一直喝到了老。你看，"昨夜雨疏风骤，浓睡不消残酒……知否，知否？应是绿肥红瘦"，我们都还记得。

黄昏的时候她写"东篱把酒黄昏后"；发愁的时候

她说"愁浓酒恼";闲暇的时候"煮酒笺花",感叹一下,"酒意诗情谁与共"。她特别爱喝,但酒量很不好,一喝就醉,醉了就嚷嚷着要写诗,"险韵诗成,扶头酒醒"说的就是她。

李清照不仅爱喝酒,她还爱打麻将,《古今女史》这本书把她评为博家之祖,说这个人是赌博的祖奶奶,她不仅喜欢赌,还逢赌必赢,斗鸡、斗蛐蛐、掷骰子、赌球,都不在话下。为了显示自己的专业性,她还写了一本赌博攻略,叫《打马图经》,她自己有一句话:"予性喜博,凡所谓博者皆耽之,昼夜每忘寝食。"什么意思呢?就是我太爱赌博了,这么好玩,只要是赌博有关的,我全都喜欢,然后为了赌博,不吃不喝,不分昼夜,非常上瘾。

这种生活作风放在她的时代,经常被人指责,说她不守妇道。但李清照就是李清照,她有自己的道,不仅没有因为别人的评论而收敛,她还写了一篇词论,从南唐的李煜、冯延巳,到前辈柳永、宋祁、晏殊、欧阳修、苏东坡、王安石、秦观、黄庭坚等等这些人,她挨个全怼了一遍,说这些人根本就不会写词。口气大吧?好像除了李白,我的印象中,就只有李清照敢这么说。

那李清照的词到底写得怎么样呢？跟她的性格有关，她的性格什么样？有点出格，很骄傲，好胜心强，但是又有自己甜甜的那一面，所以她风格很独特。有人就会说你讲了那么多，都没看出来她哪里甜，我们再来读一首《点绛唇》，这也是李清照少女时候的作品。

点绛唇

蹴罢秋千，起来慵整纤纤手。露浓花瘦，薄汗轻衣透。见有人来，袜刬金钗溜。和羞走，倚门回首，却把青梅嗅。

在这首词里面，我最喜欢的是"和羞走"这一句。它讲的是什么呢？一个女孩子荡秋千，哪里都美，手也好看，衣服也好看，玩得开心极了，咯咯咯地笑着，已经出汗了，突然有陌生人来了，怎么办呢？赶快溜呀，那个袜子也脱落了，金钗子也掉在地上，害羞地就要走了，走就走了，可是忽然万种风情，"倚门回首，却把青梅嗅"。后来她离开济南老家，跟着父亲到了汴京。父亲做的官是礼部员外郎，父亲介绍自己的女儿去认识很多的人，平时应酬也会带着她。李清照就见到了"苏门四学士"中的张耒、晁补之，这样的机会，真是多少学子求之不得的。重要的是，他们还能够一唱一和，写诗玩乐。李清照留下两首和张耒的诗，写的是安史之乱，大概意思是说唐玄宗，你哪可能打得赢呢？你的战马都跑死在给爱妃送荔枝的路上了。说出这种话的时候大家不要忘了，李清照还只是一个未成年的少女。后来理学大家朱熹就感叹说，这哪像是个女孩子写的呀。

李清照的文史知识、胸襟、眼界，是很有豪纵之气的。叶嘉莹先生讲过，每个人都具有双性特征。一般情况下，男人也会拥有一些比较女性化的特征，女人也会拥有男性化特征的一面，但是因为环境、文化的种种影响，人们会把其中的一面隐藏，把另一面显现并强化，好像贴上标签。李清照是女词人中把自己天赋中男性的一面显露出来的第一人。在她之前，女性的形象是模糊的，被压抑，被限制，是一个跟随者、妥协者。可是到了李清照这，看得见她的才华、高傲、自命不凡，和男子比肩的气概甚至是压不住的。

总结一下，李清照20岁之前的关键词是士族娇女。18岁的时候，李清照嫁给了一个叫赵明诚的人，就开启了她人生的第二个阶段。

赵明诚跟皇家一个姓，据说他们家是闲散的宗室，是贵族。赵明诚娶李清照的时候,他的父亲正在做吏部侍郎,这个官比李清照父亲的官位稍稍高一点。赵明诚本人是一个太学生。什么叫太学生?就是朝廷重点培养的后备干部,应该说是有大好前程。

据说赵明诚的形象非常好,跟李清照很般配的,两个人的婚后生活也很幸福,而且两个人有共同的爱好,他们读书、喝茶,喜欢字画,喜欢收藏古董、金石,每天都玩得不亦乐乎。李清照万万没有想到,一场严峻的考验正在步步朝他们走来。

李清照结婚的第二年,宋徽宗开始清算元祐党人了。这群士人在当时被称作保守派,反对王安石的新法,得罪了皇帝,皇帝就开始对他们进行残酷的打击。有一个著名的奸臣叫作蔡京,书法很好,但历史定性是个奸臣。蔡京立了一座党人碑在端礼门,宋徽宗亲自题写碑额,把被打倒的元祐党人的名字刻在石头上,做成了铁案。这很吓人,这等于是公开地发文说严禁你参加什么什么活动。这块碑,苏东坡的名字在上面,李格非的名字也在上面。

在后人来看,元祐党人就和苏东坡一样是清流君子,这块碑其实可以叫作君子碑,那是很光荣的。可是当时并不是这样,对当时活着的人来说,名字上了这个党人碑,是灭顶之灾。

这个时候,李清照的娘家就倒霉了,可是非常吊诡的是,李清照的公公赵挺之,却在这个事件之后一路高升,连她的夫君赵明诚都出来做官了。她的婆家和她的娘家其实成为了政敌,可以想见她夹在里面有多难受呢。这个时候李清照会做什么呢?她干了一件事,上书。

她是给自己的公公上书,她劝说自己的公公,要顾及人伦亲情,不要为朝堂上说不清的事与亲家为难。她的公公当然没有理她,赵挺之还是挺有气度的,他没有为难李清照,没有因为儿媳妇他们家是奸党,就把她逐出门去。他还是很保护李清照的,所以李清照的日子过得还不错。

又过了一年,皇帝下了一道指令,说元祐党人子弟不允许在京居住,这意味着李清照需要离开京城。就这样,李清照在20岁这一年,被迫跟自己的丈夫分居,跟随父亲回到了济南老家。

这是夫妻俩第一次别离,年纪都很轻,政治风云变幻,谁也看不清未来,两人也没有孩子,谁也不知道未来会怎样。

命运都是未知的,可以想象李清照当年的处境,焦虑、压力、慌乱,她的婚姻到底会怎么样,根本不由她做主。在这个时期,她留下了一首词,叫作《一剪梅》。这首《一剪梅》,就是李清照和丈夫赵明诚备受两地相思之苦的写照。

一剪梅

红藕香残玉簟秋,轻解罗裳,独上兰舟。云中谁寄锦书来,雁字回时,月满西楼。

花自飘零水自流,一种相思,两处闲愁。此情无计可消除,才下眉头,却上心头。

邓丽君和王菲都唱过这首歌。自古以来,这种相思之情都是相通的。荷花凋谢的季节,尤其到了晚上,睡在那种光滑竹席子上,渐渐凉意来了,心里也就凉了,秋天要来了。一个女子轻轻地把外套脱下来,驾了一叶小舟,荡到湖水中去。明明天气冷了,为什么还要把外套脱下来,到没人的地方去吹吹风?人的内心里有那种郁结的燥热的、不安的情绪,再冷一点吧,再安静一点吧,否则心里这团火烧得人不得安宁。这种恼人的灼热来自什么?就是离别和相思。

在月满西楼的时候鸿雁传书,云中是谁寄了书信来呢?是不是我的夫君呢?花飘落在水里,花落无情,水流无意,但是分隔两地的人互相思念的心是一样,按捺不住,"才下眉头,却上心头"。这首词很容易就读懂了,平白如话,但是动人心魄。李清照写愁绪,写寂寞,是写得真好。

后世有很多人解读这首词,有人说赵明诚不爱李清照,他们没孩子,赵明诚纳妾,所以这是李清照的悲惨之作。历史真相到底如何我们不知道,但是从文学角度,读一首写相思的词,重点是什么呢?是在写一个人的深情:你在我身边的时候,我是那么满足,那么安宁,岁月静好;可是你不在一切就都乱了,"此情无计可消除"。我们读李清照的诗词,从文学和审美的角度来看,是要看李清照诗词的质量,而不是他们夫妻感情的质量。

幸运的是,这样令人焦虑的生活过了三年,三年也不短了,好在终于有结束的那一天。元祐党人平反了,过去皇帝下的那个说元祐党人子弟不允许在京居住的圣旨自然就失效了,李清照便从济南老家回到汴京,跟赵明诚团聚了。

第二年,赵挺之都去世了,李清照跟随夫家迁居青州,和赵明诚过上了琴瑟和鸣的生活。

李清照20到23岁的时候，遭遇了命运的大起大落，一个关键词叫党祸株连。接下来，夫妻两个人相伴了十多年，是一对佳偶的幸福时光。李清照在青州从24岁住到38岁，她和赵明诚都有了很多的闲暇，各自从事学术研究。赵明诚专心研究文物，写了《金石录》的主要部分，后面有一些部分是李清照来补足的。李清照潜心研究词学，撰写了著名的《词论》。这一对夫妇都为中国的传统学术作出了非凡的贡献。

除此以外，他们两个人还是玩，玩什么呢？这两个人的乐趣与众不同，它不是声色之乐，是治学之乐。两人有好多事情可以干，喜欢读书，喜欢古董和金石碑帖，孜孜不倦地到处搜集，合伙败家。在外面突然看到一幅喜欢的画，或者是一方印章，手上的资金不够，怎么办呢？就把衣服脱下来，首饰拿下来，去换钱，搜罗回来，然后一起整理、鉴赏、考订。

赵明诚得到珍贵名人手迹时，常常会急奔回家，跟妻子一同观赏。到了晚上，李清照点了两根蜡烛都烧尽了，还是睡不着。还有就是打双陆、下象棋，这些消遣的小玩意，李清照都是行家，她玩起来又认真，赵明诚总是输。

这都不算什么，他们俩最爱玩的一个游戏，又风雅又烧脑，叫作赌书。一个人随便说出古书上的一个典故，另外一个人就要答出这个典故的出处，要说出是哪一部书，哪一卷，哪一页，哪一行，简直就是人工的百度。答对了的人可以先喝茶，答错的人得为对方奉茶。在这个游戏过程中，有的时候大笑大闹，李清照常常是赢的，赵明诚来给她奉茶，有时候打翻了茶杯，泼了满怀。

他们这种别出心裁的游戏，后人一直津津乐道，清代的纳兰性德，写下过"赌书消得泼茶香，当时只道是寻常"的名句。在这十多年里，李清照留下来的诗词并不太多。为什么呢？其实人在幸福的时候是不适合写诗的，悲愤出诗人，过于幸福安定的生活下人的心是安稳的，对痛苦没有那么敏感，她就安稳地做学问。在青州，李清照夫妇把全部的收入都用来收集金石古迹，她也很简朴，不添置什么华美的衣服和首饰，饭菜都吃得很简单，但是他们收获的精神享受，远在那些声色犬马之上。也可以看出，赵明诚和李清照是知己挚爱。

有的人说李清照好有运气，能获得这种知己挚爱。这种获得首先是因为李清照自己的气质，她不俗，她向上承接了汉唐才女的气度，向下开启了明清才女的趣味，她让有趣的灵魂这几个字变得非常具体。

婚姻是不能够随便的，和什么样的人在一起，你就会度过什么样的一生。在这个期间，李清照和赵明诚聚多离少，如果赵明诚有公务要办，或者出去交朋友，有什么事情离开了，李清照就觉得孤单寂寞冷，然后就给他写小情书，这期间最具代表性的是一首词叫《醉花阴》。

醉花阴

薄雾浓云愁永昼，瑞脑销金兽。佳节又重阳，玉枕纱厨，半夜凉初透。

东篱把酒黄昏后，有暗香盈袖。莫道不销魂，帘卷西风，人比黄花瘦。

这首词写得很深情，两个人婚后小别，刚好又快到重阳节，李清照觉得相思无聊，就写首小词。"瑞脑销金兽"其实是写一个香炉，它做成兽形，烧着瑞脑香，冉冉升起。看着床上的两只枕头，可是只有一个人，睡到半夜秋凉渐生。这里也可以看出她的家境很好，很讲究生活美学。独守空闺，爱人总是不回来怎么办呢？李清照的做法是"把酒东篱下"，带着一壶酒去赏菊花，在篱笆墙那里喝，菊花的香气就融进了袖子里，"有暗香盈袖"。接下来这三句，"莫道不销魂，帘卷西风，人比黄花瘦"，是千古绝句，我建议大家反复地读。这三句神清骨秀、无限销魂。李清照特别擅长用"瘦"字，"绿肥红瘦""人比黄花瘦"，真是她的发明。

这首词写得太好了，赵明诚看到这么美妙的小情书深受感动，他就想也写一首同样水平的词来回给妻子。他闭门谢客，连写三天三夜，总共写了五十首词，然后他把自己这五十首和李清照的这首《醉花阴》混在一起，拿去请自己的朋友陆德夫来评一评哪首写得好。陆德夫看了半天，结论只有"莫道不销魂，帘卷西风，人比黄花瘦"三句最好。

后人在读到这个小故事的时候会说赵明诚配不上李清照。我倒觉得赵明诚是个很有福气的人，怎么讲呢？赵明诚娶到了李清照，跟他三观这么合，有趣，有才华，还这样爱他。或许正因为如此，当时很多人是非常嫉妒赵明诚的，也会丑化、抹黑他，把赵明诚说成是一个忘恩负义、始乱终弃，或者感情上特别不忠贞的、圆滑的人。

关于李清照的情感，我认同她和赵明诚是志趣相投的朋友，至于他们两个到底有没有你侬我侬的部分，当然有了；有没有吵架拌嘴的时候呢？也一定有。这就是真实的生活。

在这一段时期——李清照24岁到38岁，她的关键词是什么呢？叫作一对佳偶。然而好景不长，李清照生命中注定的苦难终于降临了。在李清照38岁那一年，她和丈夫赵明诚第二次分离。

这次分离对赵明诚来讲是件好事，他复出到莱州去做太守，但是李清照就变成独守空闺的状态。在文学史上，我们对李清照有一个刻板的印象，她好像总是在等待，在闺怨，在发愁，为什么会这样呢？因为她留下了大量这一类的诗词，且质量非常高，也很符合一个士族女性的典型形象，深情地等待着、坚持着。

这一次分离，确实导致了李清照在以后的时间里都跟赵明诚聚少离多，赵明诚也养了一些歌妓或者有一些别的感情，这让李清照心里面并不是很舒服。大概分开不过半年，李清照就跑到莱州去找赵明诚了。你可能觉得很吃惊，这个黏人的"小妖精"，怎么会是李清照呢？但是恰恰说明李清照的真性情。

这一年李清照已经38岁了，在古代，38岁的人很多已经当祖母了，可是李清照显示出小女儿的娇态，黏着丈夫，不能离开他。至于世俗的看法，李清照根本不在乎。北大的张一南老师就说，在分离中李清照写出了那么多高质量的作品，为什么呢？因为苦难激发出的创造力总是惊人的，而且作为一个词人，这种文体，本来就是说白话，说心里话，它就要求一个人把不好意思说出来的、一闪而过的念头都记录下来，直接又精确地表达出来，只有真性情的人，才能称为优秀的词人。

我是很同意这种说法。可以看出李清照对赵明诚非常重视，李清照就是想要跟自己的丈夫朝夕相处，但是很快，这个愿望就破灭了。李清照44岁那年，是她生命中的大凶之年，北宋灭亡。公元1127年，金人大举南侵，虏获了宋徽宗、宋钦宗父子北去，这就是历史上著名的"靖康之变"。

接下来这几年，赵明诚辗转在南方做官，时不时遭遇金兵的威胁，李清照也是颠沛流离。有一种说法是讲在兵荒马乱的这段日子里，赵明诚抛弃了李清照。这个说法是不是真实呢？

战争状态是非常残酷和混乱的，妇孺老弱们在这种背景下，会面临更大的不确定和不安全。这段时期，李清照夫妇竭力保护他们一辈子辛辛苦苦收集下来的文物。赵明诚从江宁知府的任上下来的时候，把李清照安置在池阳，独自到湖州去上任。临走的时候，他就叮嘱李清照说："我们有十五车的文物，万一遇上战乱，你得带着这些文物。实在不行，一般的古籍字画就丢掉，但是那几件礼器一定要带在身上，只要人在就不能丢。"李清照同意了。

此后不久，赵明诚染病去世，李清照安葬了丈夫之后，跟着朝廷一路南奔，大量的收藏也都在路上遗失了。直到绍兴二年，李清照才在杭州安顿下来。

18岁嫁人，46岁守寡，李清照28年的婚姻中有十几年两个人是聚多离少的。赵明诚亡故之后，李清照失去精神上的寄托，遭遇战乱物质上也没有依靠，这个打击还非常大。她孤苦伶仃、贫病交加，孤身一人在杭、越、温、台之间流徙，生活的压力可想而知。

说靖康之乱是李清照人生的转折点，这也带来了李清照在创作上面不一样的风格。南渡逃难的李清照写诗来明志。

夏日绝句

生当作人杰，死亦为鬼雄。

至今思项羽，不肯过江东。

第一次读到这首诗的时候,我倒抽一口冷气,之前一直认为李清照是婉约词派的代表,但是你看这首诗,写得那么豪气干云,有特别磊落的大丈夫气。她说虽然项羽不通帝王权诈之术,但是我思念他,思念的是什么呢?不是功业的是非成败,不是说败者为寇,而是项羽身上的骨气,那种不肯忍辱,不肯委曲求全,非常决绝的态度。你可以说项羽"蠢",但是不能不承认,在生死关头项羽是个英雄,我李清照骨子里面就是钦佩这样的英雄。

还有一首诗《题八咏楼》。我没有去过八咏楼,它应该是在金华,现在还有遗址,在金华市区的东南边。这首诗写得非常开阔。

题八咏楼

千古风流八咏楼,

江山留与后人愁。

水通南国三千里,

气压江城十四州。

时局动荡，李清照后期去了很多地方，"千古风流"不是凭空捏造的，她一定要有历史底蕴，她要经历过很多的事，看过河山心里有感触，她才能够写得出来。这首诗好在哪里呢？四个字，叫口是心非。她明明心系故国，为国家的气运所伤感，她不说，偏偏讲一句"留与后人愁"，就说这个情绪是结束不了的，它会一代一代地流传下去，一直会在人们的心间。但是江山气势依然恢宏，"三千里""十四州"。

李清照的"江山留与后人愁"，不是逃避不是消极，而是跟后面的人说天下兴亡，匹夫有责。这个时候哪里分什么男女，我们完成不了的事情，你们得记着，卷土重来，绝不能让千古风流的江山毁于一旦。

读通了这两首诗你会发现，天哪，这哪里是婉约，这明明是豪迈，而且李清照才不是一个弱女子！这应该是李清照最有人格魅力的一个阶段，她的心智已经成熟，她经历了很多事，更能够承受压力，也敢于表达自己的眼界和胸襟，对于身边的很多男人，其实她是不屑的，一种不加掩饰的态度——我看不上你们在国破家亡时候的表现。对于这个国家和身边百姓的苦难，她也是有非常深切的感受的，这些共同塑造了她作为一个诗人的品格。

在这个阶段，李清照还做了一件有重大争议的事情——改嫁。这在李清照生前就一直被人诟病，之后也是一代一代学者们争论的焦点。通常有一种说法，李清照有过第二次婚姻，她带着自己的文物四处漂泊，在途中遇见了一个叫张汝舟的人。这个人最开始对李清照非常殷勤，百般追求，终于和李清照结婚了。婚后不久，李清照发现张汝舟是个骗子，他就是惦记自己手里面那点金石字画，而且张汝舟还家暴她。李清照是好欺负的人吗？她可是有很朋克的那一面，李清照收集张汝舟买官的证据，到衙门去告发他，一告即中，把这个人渣扔进了监狱。然后李清照跟他离婚，闪婚闪离，结束了这一段很短的孽缘。

这件事被历代的文人一再地拿出来讲，而且争论不休，让李清照卷入到了是非的漩涡中。还有人说，李清照状告离婚的时候，按照当时的法律她会被抓去坐牢。幸好她人品好，朋友又多，大家把她从牢里面捞出来了，才免了半年的牢狱之苦。听起来都非常有理有据，但是最近我读到北大学者张一南的一篇文章，在她看来，李清照改嫁这件事是不靠谱的，压根就没有发生过。为什么呢？她说这个说法最经不住推敲的地方就在于时间问题。

张一南老师列了一个时间线。李清照丧偶的时候是46岁,然后又流浪了三年,到杭州的时候,她已经49岁了。这个年龄在当年已经接近人寿命的极限了,清代皇帝的平均年龄也就60多岁。哪怕是放在今天,张一南老师认为,女性只要是衣食无忧,到了这个年龄,很大程度不会选择再结婚了。而且李清照到了杭州之后,她很快就以单身的身份出来活动,这在很多记载上面都是能够看到的,直到她去世这段时间,一直都是孤身一人的,一再有诗词记录。张一南老师就说,李清照要想再结一次婚,时间很难安排。但你会说这个时间,挤一挤总会有的,把李清照的这个时间轨迹拉一条线,就会发现的确有半年的时间,她是"有空"的,这半年是什么时候呢?就是李清照抵达杭州定居之后,有半年的时间从世人的视线中消失了,那这半年她在干什么呢?她生了一场重病,自己在诗词里面说病到"萧萧两鬓华"。如果非要让她再结一次婚的话,只有这半年她是有档期的。在半年里面要生重病,要结婚,然后要打官司,要离婚,恢复单身,好像真的是有点惨,似乎也来不及忙完这些事儿。所以张一南老师说,李清照再婚这个故事充满了现代人都无法完成的速度感。那这是谣言吗?如果是谣言,造谣的人动机是什么呢?

为什么会把这脏水泼在她身上呢？造谣者的动机是否充分呢？张一南老师认为简直太充分了。

第一，在中国古代，才女远比普通的女性更有吸引力，所以男性对于那种可望不可即的女性难免会有幻想。所以张一南老师说，李清照名气这么大，有一些人听说这样一个才女，孀居终老，就会觉得太可惜了，习惯了男尊女卑的人们，就很不甘心，他们就安排李清照再婚，安排博学多识的她被读书不多的男性欺骗，安排受到万众敬仰的她被小人欺辱，甚至安排上家暴、牢狱等极端的细节，来满足某一些变态的窥视欲。

所以李清照再婚故事里的每一个细节，都是迎合市井口味的地摊文学。这种流行的、重口味的、八卦的元素，会消解掉李清照形象的优越。但所谓信史，实在不好轻易采信。

在张一南老师看来，那个有才华、有地位的李清照和男性一样，她也有一个体面的晚年，再婚这件事从来没有发生过。听起来好像也很有道理，历史上李清照的个人生活究竟是怎么样的呢？我没有办法判断，但是我个人猜测，李清照在赵明诚亡故之后，又跟别人在一起，或者对某人心动过，都有可能。但如果说真的跟某一个人陷入了很深的婚姻，发生纠缠,打官司什么等等这些,我认为它是有杜撰的成分的。

不过像李清照这样的人,其实一旦遇到不讲道理的、对她居心叵测的人,确实容易被勒索、讹诈,惹上一些事。我们现在看到一些小说中的李清照,未必就是她真实的人生,但有一点是确定的,无论她经历什么,都不妨碍她因为自己的作品,因为自己的人格魅力而名垂千古。

李清照真的有学问,她的诗写得也确实好,就像刚才给大家读过的那两首,非常有气魄,而且格调很高。那么她的文写得怎么样呢?她跟赵明诚整理了《金石录》,后来又写了《金石录》的后序,那篇文章我推荐想要深入了解她的朋友去看一看,不太容易读得懂,很长,但非常典雅。她诗有诗的风格,文有文的风格,她也认为词应该有所不同,所以大胆地写词论,自成一家。

李清照的词中我认为写得最好的是《渔家傲》。

渔家傲

天接云涛连晓雾,星河欲转千帆舞。仿佛梦魂归帝所。闻天语,殷勤问我归何处。

我报路长嗟日暮,学诗谩有惊人句。九万里风鹏正举。风休住,蓬舟吹取三山去!

上阕,她写的是真实还是梦境呢?这是很奇妙的。叶嘉莹先生详细地讲过这首词。有一天早晨,推开窗一看,"天接云涛连晓雾",天上的白云像一大片波浪,白云上又连着白茫茫的晨雾一直接到地面上,天与地浑然一体了,开阔又渺茫。接下来"星河欲转千帆舞",银河好像在转动,白云飘在银河上,就像是船帆在那里舞动。这个景象真的写得非常妙,有点像庄子的视角,站在很高的角度俯瞰整个宇宙,这一句所营造的宏大已经完全超出了闺房之中的这种词句,有超出尘世的美感。

看到了这种景象,怎么样呢?什么感受?"仿佛梦魂归帝所",我的魂魄,如梦如幻,像要飘到天上去了。"闻天语"就是听到天上有人跟我讲话,讲什么呢?"殷勤问我归何处",这真是一个全人类的问题,所有东西方的哲学家都在追问一个人真正的意义和价值在哪里。

词的下阕就是李清照的回答,"我报路长嗟日暮",我这一辈子走的路真是不容易,漫漫长路好疲倦。现在我也老了,我到哪去呢?我的归宿是什么呢?我的价值和意义又是什么呢？"学诗谩有惊人句",我从小就喜欢诗,也有好句为人称道。"九万里风鹏正举",我就像庄子所说的那个鲲一样,可以化身为一只鹏鸟。在《逍遥游》里曾有"北冥有鱼,其名为鲲"的句子,北海里有条名字叫鲲的大鱼,"鲲之大,不知其几千里也"。那么大的一条鱼,它依然有一个心愿,就是化为鹏鸟,飞到九万里的高空。飞上去要干什么呢？"风休住",希望九万里的长风不要停,能把我吹起来,我就借着这个风,"蓬舟吹取三山去",到海上的三座仙山,蓬莱、瀛洲和方丈去。

我们可以看出来这首诗确实是李清照在晚年时对整个人生的反省,争强好胜了一辈子,走了那么多的路,失去了很多舍不得的东西,真正的价值是什么呢？要回归到哪里去呢？这词的境界,是很多诗人缺少的。清末有一位叫沈曾植的人,对李清照的评价是："跌宕昭彰,刻挚且兼山谷。"

那么李清照最后的三十年究竟是怎么度过的呢？李清照在生命的晚年,其实也受到了特别的尊重,她常常受到邀请,出席一些文人雅士的聚会,她的词作也一直在流传。那为什么她能受到这样的尊重呢？主要原因不仅因为她是著名的女词人，还因为李清照身上承载了那一代人对于北宋士族风流的记忆和感情。

张一南老师就说，两宋之际战乱残酷，文士凋零，这种时候人们觉得见不到李格非、赵明诚，能够见到他们的女儿、妻子也是一种安慰。人们看见李清照，就会怀念起那些逝去的风流人物，更何况她本身也的确是一流的学者和词人，就像国宝一样，性别在这儿已经不重要了。

李清照在人们眼中就是一张文化名片，所以李清照的典型性就在于她代表了南渡士人的形象，如果没有南渡，可能她的诗词中也难有那么沉甸甸的分量。她有一首词就特别能够呼应这种心情，叫《添字采桑子》。

添字采桑子

窗前谁种芭蕉树？阴满中庭，阴满中庭，叶叶心心，舒卷有余情。

伤心枕上三更泪，点滴霖霪，点滴霖霪，愁损北人，不惯起来听。

对这首词，我印象很深，十几岁的时候第一次读到时，我就把它抄写在一个白色的没有格子的本子上，抄了好多遍，原因是什么呢？我是北方人，李清照也是北方人，而芭蕉对我来讲是一个南方的意象。满目的芭蕉树，就说明她已经离开了故土。主旨是什么呢？就是最后这漫不经心的两句，"愁损北人，不惯起来听"。那个叶叶心心，舒卷有余情的植物，跟外面的雨声滴滴答答地应和，就像我现在在枕上的这个眼泪，也是滴滴答答的。

什么叫作"点滴霖霪"呢？"霖霪"就是连绵不断的阴雨，这种愁绪，这种远离故土的伤心，特别简单又非常深刻。诗以言志，一个人的志向、情绪，能从诗里去领略。那词呢？词是抒情，就是寄托人生中那些小小的兴致。李清照把诗和词分得很清晰，她的词里面有生活的况味，有各种各样的小确幸，也有各种各样的小别离，那些无可奈何的细节，被她闲闲地一笔写出来，有坚持，有郑重。所以她也最大程度地唤起了同样跟她流离失所的那些贵族和百姓心中的抒情，用我们今人的评价来说这就是一个好作家。我看到六神磊磊说了一个词,叫嘴替,就是他替你说出了你心里有但没说出来的事情,把这个感情表达得淋漓尽致。虽然好像很调侃,但是李清照在当时确实是一个非常好的嘴替。

李清照遭遇靖康之变的年龄,和杜甫遭遇安史之乱的年龄是非常接近的,国家不幸诗人幸。这个阶段,她的写作非常成熟,但是她也度过了一段非常凄清的岁月,有一首词叫《永遇乐》,就能看出她的转变。

永遇乐

落日熔金,暮云合璧,人在何处。染柳烟浓,吹梅笛怨,春意知几许。元宵佳节,融和天气,次第岂无风雨。来相召,香车宝马,谢他酒朋诗侣。

中州盛日,闺门多暇,记得偏重三五。铺翠冠儿,捻金雪柳,簇带争济楚。如今憔悴,风鬟霜鬓,怕见夜间出去。不如向,帘儿底下,听人笑语。

这首词细细地读也不难懂。南宋后期有位词人叫刘辰翁,他就说自己每次读到这首词,"泣下不能自持",

就是哭到无法控制，崩溃了。

这是李清照晚年写的，开头就是金句，慢慢地白描生活，这样的天气光景，我都不知道自己身在何处了。南下这么多年，生活怎么也都习惯了吧，她说不，不习惯，因为回忆太深刻了。

过去什么样呢？就这样的元宵佳节，春在柳梢梅边，人们都是尽情欢乐的，可是春天的天气变幻无常，谁知道会不会突来一场风雨呢？她说的是天气吗？不知道。亲友相邀说出去玩玩吧，为什么要那么扫兴，把自己关在那里。可是眼前这一切，怎么好和当年的中州盛日相比。今天我已经老了，白发苍苍了，怎么能跟当年青春时期的无忧无虑相比？所以我害怕出门去游玩，推辞了朋友的好意，那干什么呢？我就站在帘子底下，默默地听，看着别人说笑。这首词在讲一个老去的、沉静的、心里有故事的人。

有心的人会从这首词中读到强烈的痛苦，人老了，故园回不去了，好多东西都逝去了，她已经不能再相信未来还有什么样的希望，还能到哪里去呢？还能度过快乐的时光吗？所以像刘辰翁这样的人，亲历了国事、家事的风雨变幻，就特别懂得这首词，会为它哭得伤心崩溃。这种白描的状态和《如梦令·常记溪亭日暮》对比，你就看见李清照的生命中究竟有多大的跨度，生活有多么大的变化，她承受了什么样的压力。对比一下，确实十分感伤。

李清照活到了73岁，算是非常长寿的，这是一个心里面可以过大江大河的人，她还是能够随遇而安的，能安住的是什么呢？就是自己的内心和才华，是那个可以把内心的情绪一字一句写出来的词人。士族的制度已经日趋瓦解了，但是有一些东西会留下来，比如说士族的精神，它可能落在任何一个人身上。这种感受促使她在生命的中晚期写了很多的佳作，比如《声声慢》。

声声慢

寻寻觅觅，冷冷清清，凄凄惨惨戚戚。乍暖还寒时候，最难将息。三杯两盏淡酒，怎敌他、晚来风急？雁过也，正伤心，却是旧时相识。

满地黄花堆积，憔悴损，如今有谁堪摘？守着窗儿。独自怎生得黑？梧桐更兼细雨，到黄昏、点点滴滴。这次第，怎一个愁字了得！

这首词也是千古绝句，开篇一下子连续14个叠字，

"寻寻觅觅,冷冷清清,凄凄惨惨戚戚",从来没有人这样写过,非常大胆,大胆到刁钻。这种创意只有李清照。李清照晚年隐居在杭州,孤独无依,可能心绪在某些时候会非常悲凉,这首《声声慢》就是晚年生活的写照。名字也很有意思,《声声慢》,好像就是一个人被生活一下一下地重锤,后来就一天一天地慢了下来,声音就低了下来。可是正因为它低,你听起来就愈发能够感受到她的心里,哪怕再寻寻觅觅,过去的生活也都不见了,过去身边的那个人也不见了,过去的风流也被雨打风吹去。天若有情天亦老,世间有什么是可以永久存在的吗?所以她后来就"守着窗儿,独自怎生得黑"。动词是"得","得"就是能够,守着这个窗户怎么能够看到天黑呢?这个句法是李清照的独特之处,她跟大家都不一样,她的词,她对声音的敏感,她对色彩气味的感受,都跟别人非常不一样。她也用典,也很文雅,可是词里面却有很多非常俏皮的、新鲜的、别出心裁的字,常常让人拍案称奇,怎么"黑"字可以这样用。

"乍暖还寒"的时候,李清照的消遣是什么呢?还是喝一点酒,但因为身边没有人了,就三杯两盏,然后看见大雁飞过去,又走了,有点难过。可是这个大雁,竟然是旧时相识,最后这一句,"怎一个愁字了得",过去的别离可能带来的是苦是痛,到了现在这个别离带来的是愁,这个愁能够停止吗?不能。那应该怎么办呢?这个就是李清照的气度,她的从容和大气,让她不会拧巴,不会把过去的伤痛,不会把别离和愁绪变成自身人生的障碍,她有自己的从容和大气。

这一半来自她的教育,另外一半来自她心灵的自足,她把所有的经历,所有的情绪,都通过诗词写出去,这就让她的人生有了定海神针,也让她越来越被人们追随。在她的诗词里面读到自己的感情,读到相似的故事,读到相同的气质,就是李清照越来越火的原因吧。

我想李清照所代表的士族才女文化,在她的时代已经是非常特立独行的,一代一代地到了现在,我们反倒会觉得更加容易理解她,更加容易看见她身上那种有趣的,不屈服的和很现代的那一面。

你也喜欢李清照,也曾经被她的哪个句子打动吗?

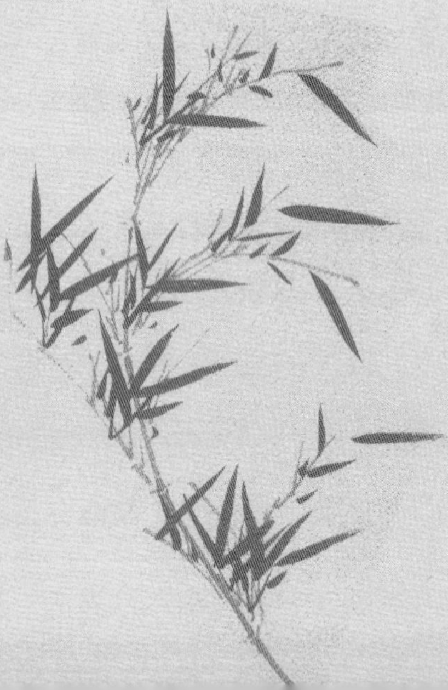

辛弃疾

其词慷慨纵横,有不可一世之慨,于倚声家为变调;而异军特起,能于剪红刻翠之外,屹然别立一宗,迄今不废。——四库全书总目提要

青玉案

东风夜放花千树，更吹落，星如雨。宝马雕车香满路。凤箫声动，玉壶光转，一夜鱼龙舞。

蛾儿雪柳黄金缕，笑语盈盈暗香去。众里寻他千百度，蓦然回首，那人却在灯火阑珊处。

好美的一首词，作者是辛弃疾，人称"词中之龙"。什么叫作"词中之龙"，就是王者，气场大。我们上学的时候学到辛弃疾，会记住一个标签——豪放派，但这首词读完，你还会认为他是豪放派吗？肯定不是，那他是什么派呢？这首《青玉案》是至情之作。

上元之夜，中国的传统佳节，非常隆重，火树银花、宝马香车，大家通宵达旦地出来玩儿，特别快乐。就在这个时候，遇到了一个女子，那是在梦中寻找了千百次的人，一朝相见，非常惊喜。从此中国文学史上多了一种美丽的相遇，在中国的文化里打下了一个烙印，这叫一见钟情，矢志不渝。"众里寻他千百度，蓦然回首，那人却在灯火阑珊处"成为千古永流传的佳句。

王国维先生在《人间词话》中说："古今中外，能够成大事业、大学问的人，必然经过三重境界。"辛弃疾这句词就是成大事必经的最高境界。怎么来理解呢？"困难"这个词，拆开来看，恰是因为困在里面就觉得分外难。如果你不被它所困呢？拖着这个困难往前走，走得足够远，它就消失不见了。回头看，才知道其中真意。也就是说，一个人认准了方向，确定目标，接下来刻苦地磨练自己。然后傻傻地坚持，就能够坚持到回头看的那一天，才知道当年的那些经历，究竟意味着什么。回头看，才知道走了多远，在灯火阑珊处，发现自己的所爱，得到或者领悟自己所追求的那个最为重要的东西。

辛弃疾不仅仅创造了这个境界，他的一生就是这句词的现实版。

"醉里挑灯看剑，梦回吹角连营""男儿到死心如铁，看试手，补天裂""我见青山多妩媚，料青山见我应如是""稻花香里说丰年，听取蛙声一片""想当年金戈铁马，气吞万里如虎""天下英雄谁敌手？曹刘。

生子当如孙仲谋""不尽长江滚滚流"等等，这些好像都听过的名句都出自辛弃疾。

我们之前总把辛弃疾归为豪放派词人，等你真正像我一样，对辛弃疾有了感情，细读完他的词作之后，你可能就没办法给他贴这样一个简单的标签，因为他丰富。那辛弃疾是什么派？俏皮一点的说法可以是"自成一派"。纵然斯人已逝，但是他写的句子一代一代传下来，每个人都觉得好像遇到过辛弃疾，亲耳听见他说这些心里话，亲自体验了这些句子里的人生。

辛弃疾不但是词人，还是个将帅之才。顾随先生就说："稼轩无论政治、军事、文学，皆可观，在词史上是有数人物。"就是即使排排坐，他也分到一个大果果。顾随之所以强调这一点，是在说辛弃疾一点都不文弱，也不优柔寡断，没有文人的那些坏毛病。

辛弃疾有治国之能，也是将帅之才。在那个时代，他个人的命运和时代完全捆绑在了一起，所以顾随先生也说"稼轩真是有才干，他颇似魏武帝老曹"，就是说辛弃疾的才华和谁相似呢？曹操。这个评价非常之高。

辛弃疾的词也有曹操的气象，是有大本领、大作为的人，才写得出来的。雄才伟略，武艺超群，这就是辛弃疾，他像岳飞一样是能够领兵打仗的。只做一个词人，那是万般无奈，被逼着成了一代宗师，给后人留下600多首词。

怎么叫逼着成为了词宗呢？作家潘向黎说过一句话特别好，她说"辛弃疾"这三个字，每次一念起来，那个积弱积贫、动荡不宁的朝代，那个热血和屈辱、梦想和痛苦交织的时代，就呼啸着扑到面前。

我们来读辛弃疾，不能只把他放在文人的序列里，还要把他放在通史的序列里来讲，这样的人是词人里的异数，他有非常健康的体魄，同时又有特别灵敏的感觉，他想改写历史，但最终他连自己的命运都左右不了。

1140年五月，辛弃疾生于历城，他出生的时候这个地区已经沦陷在金国的手里面十三年了，所以他是出生在"沦陷区"的。这就为辛弃疾一生忧国忧民，一直想要收复河山定下了一个基调，很有宿命感。

史书里记载，少年的时候，辛弃疾和党怀英是同学。有一次，两个人为他们的前程占卜，党怀英卜到"坎"，在后天八卦或风水学里面，"坎"对应的是北方的意思。辛弃疾得了"离"，对应的是南方。所以辛弃疾就决心要南下归宋。其实这个说法有点表面化了，梳理辛弃疾的成长背景我们会发现辛弃疾南下的决定是很自然的。

　　祖父辛赞是对辛弃疾影响最大的一个人。辛弃疾父亲早亡，他是跟着祖父长大的。在金兵占领济南的时候，辛赞没有办法及时地脱身南下，后来做了官，但是他时刻没有忘记自己是大宋的子民。辛弃疾回忆说他小时候跟着祖父去登高望远，指点山河。祖父有两次带他进入金国的首都中都（今北京），就是现在的北京，干什么呢？打探金国的内部矛盾，勘察山川地形。

　　从很小的时候，辛弃疾的血液里面就流淌着一个词——爱国。收复失地、洗雪前耻、解救苍生，这是写在了他的基因里的。史书记载，长大以后的辛弃疾完全是一个标准的武士，他长什么模样呢？邓广铭先生《辛稼轩年谱》中综合各种史料概括为"肤硕体胖""目光有棱""红颊青眼，迄至晚年，精神犹壮健如虎"，看得出是好体魄。古人的审美标准和我们现在不一样，这个也能看出时代特点，辛弃疾这个长相，跟关羽、林冲是一挂的，在乱世里，这样的人往往更符合大家对英雄的期待：要肩膀上能扛事儿，是有担当的血性男儿。我们说山东大汉，就是能像刀一样立起来的，不是像水仙花一样开放的。读辛弃疾，就得把他放在大历史的背景里展开，这样才能理解周济评论他的一句话,"稼轩固是才大,然情至处,后人万不能及"。

他才华横溢,非常深情,"宁后世龌龊小生所可拟耶"?后世那些抠抠搜搜的小人物,动不动就辜负、背叛,不敢担当的人,怎么能跟辛弃疾比呢?所以这几个字——才大、情至、英雄本色,才是辛弃疾的坐标。

辛弃疾的名字还出现在《中华通史》第五卷的宋辽金史前编中,这里记载了他如何筹谋恢复失地,以雪靖康之耻。这也始终是南宋朝野中有志之士的一种愿望。辛弃疾是一个极富声望的人,不仅仅因为他文学上的成就,还因为他带兵打仗上前线卫国的英雄本色。

辛弃疾很年轻时就明白了自己的使命。放在诗词史上,辛弃疾当然也是个一流人物。这样的人其实有个共通之点,就是他们只听从内心的召唤,他在很年轻的时候就明白自己是为什么而生的。

我们来看辛弃疾的一段故事。

在绍兴三十一年的秋天,发生了一件事,金主完颜亮率领六十万大军南侵,这一年辛弃疾22岁。辛弃疾组织了两千多人,加入了耿京领导的队伍,他担任耿京的掌书记。一个叫义端的僧人,也带着上千人加入了耿京的队伍。但这个义端心怀不轨,居然偷了耿京的军印逃跑了，他要投靠金人，向金人献印、告密。辛弃疾听说这件事，就带了一小队人马去追赶义端。赶上了，他一个箭步上去，把义端砍下马来。义端其实跟辛弃疾原来是有交情的，他讨饶，话说得也非常别致，他说你是神兽青兕（青色犀牛）的化身，力大无穷，你能杀人，但求求你不要杀我。不过辛弃疾毫不动摇，一个字都不多说，一剑斩杀了义端，带着义端的首级和军印纵马回去复命了。

辛弃疾在军队中一战成名，大家都非常地拥护他。辛弃疾的性格在他自己的词里面，全都能够看得到。不论辛弃疾写什么，都别开天地，有非常强大的自我意识，不拘一格，而且敢于担当。就像他斩杀义端一样，绝不拖泥带水。

我们讲一首很有代表性的《破阵子·为陈同甫赋壮词以寄之》，开头这一句就流传千古。

破阵子

醉里挑灯看剑，梦回吹角连营。八百里分麾下炙，五十弦翻塞外声，沙场秋点兵。

马作的卢飞快，弓如霹雳弦惊。了却君王天下事，赢得生前身后名，可怜白发生！

这首词是辛弃疾在中年以后所写,非常有辛弃疾的味儿。他的终身愿望是什么呢?就是"了却君王天下事",然后"赢得生前身后名",这是他的抱负。因为这种热血,他的词里出现了金戈铁马,真正的满纸刀光剑影。这首词是辛弃疾唱和好朋友陈亮的,回顾自己当年在山东和耿京一起领导义军,抗击金兵的情形。第一句就侠气万丈,"醉里挑灯看剑",恍惚间又回到了当年,军营里面接连不断响起号角声,把酒肉分给部下们来享用,乐器奏起雄壮的军乐,鼓舞士气,我要点兵了,准备要上战场了。

辛弃疾展开想象,在词里化身为将军,上阵杀敌。"马作的卢飞快,弓如霹雳弦惊",的卢是一种名马的名字,它的额头上有一个白色的斑点,性子非常烈,跑得很快。相传刘备的坐骑就是的卢马,带着他从襄阳城西的檀溪水中一跃三丈,脱离险境。自古名马都是配英雄的。

英雄要干什么呢?就是"了却君王天下事,赢得生前身后名",这是辛弃疾毕生愿望。然而最终"可怜白发生",非常沉痛,这一辈子唯一的心愿并没有实现。生不逢时这件事,辛弃疾如果认了第二,没有人敢说自己第一。

他一生所有的好时光，正好和南宋40多年的主和派当权相重叠，这个时候，南宋是不愿意打仗的，无心抵抗。在辛弃疾出生的第二年，南宋小朝廷就以莫须有的罪名杀害了岳飞，和金国签订了屈辱的《绍兴和约》。当辛弃疾25岁，已经在军中颇有威望的时候，他觉得他可以顶天立地了，朝廷又和金搞了"隆兴和议"。辛弃疾死后的那一年——1208年，"嘉定和议"。这就是辛弃疾的一生，所以辛弃疾的命运要放在历史中去看。不过还好有词，成为辛弃疾一生不甘心不服气的出口，我们在词中看到他的骨气，看到他的不甘，看到他绝不献媚。

辛弃疾23岁这一年，金廷另立新主，重新稳定了北方，开始对各地起义的小团体各个击破，辛弃疾就劝耿京一起归附南宋朝廷。在绍兴三十二年，辛弃疾从山东来到南京，此时宋高宗赵构正在南京慰问士兵，接见了辛弃疾等人，还正式任命耿京为天平军节度使。这就等于朝廷认可了这支队伍，给你转正了。辛弃疾高高兴兴地带着宋高宗的使者和文书返回，即将回到军营的时候发现耿京竟然被杀了。一个叫张安国的手下，他杀掉了耿京，决定投降金国。这个时候义军一片溃散，风云突变。辛弃疾提剑上马，率领五十个勇士，奇袭金营。当时金营有多少人？五万人。

谁也没有想到，辛弃疾会带着五十个人，杀进五万人的营地。当时张安国正在营地里面跟金国的将领们喝酒，他志得意满，却没想到辛弃疾带着这支小部队从天而降。辛弃疾生擒张安国，把他绑在马上，奔出了金营。

张安国的部下们为救主帅，追出府门，辛弃疾回头慷慨陈词，说南宋要出师攻打金国了，你们这些人应当振臂响应才是，而不是屈身金国。这些人本来就是耿京所部义军，因为张安国杀了耿京，他们迫于压力跟着投靠了金国。现在张安国已经被绑在辛弃疾的马上了，辛弃疾要把他抓回去杀掉。这些人群龙无首，而现在辛弃疾是龙，又觉得还是南宋的子民，于是跟着辛弃疾，上万人奔回到南方。辛弃疾回到南京，把张安国献给宋廷处置，宋高宗下旨立即斩于市。这个壮举实在是太传奇了，轰动朝野，"懦士为之兴起"，"圣天子一见三叹息"。于是有人说萎靡不振的人就该读辛弃疾，辛弃疾专治虚弱和颓丧。

作为一个英雄，辛弃疾的运气如何呢？他回归了南宋，可是宋高宗并没有按照承诺封赏辛弃疾，只是给他任命了一个小小的官，协助长官处理政务和文书案牍，又把辛弃疾带来的这些南归将士们编入到了正规军里面。事实上，辛弃疾没有了军权。他其实对南宋的政治生态并不怎么了解，他观察且盼望，盼着自己被重用的那一天。

1162年，宋高宗让位给自己的养子赵眘，就是宋孝宗，这是南宋最有作为的一个皇帝。辛弃疾的机会来了吗？

1165年的秋冬之间，已经南归4年的辛弃疾觉得时不我待，想让皇帝重用他，于是上书，他从审势、察情、观衅、自治等等这十个方面，写了一篇长文，核心依然是陈述怎么抗金，怎么救国，怎么统一大宋、收复失地。

这些战略战术，辛弃疾自己满意极了，但他仍然自谦地起了个《美芹十论》的名字，呈给宋孝宗。这份奏折呈上去就像断了线的风筝，不知所终。直到1170年，宋孝宗无意之中翻到，打开一看惊为天人，决定召见辛弃疾。在延和殿上，辛弃疾终于抓住千载难逢的机会，开始介绍和解释自己的救国方略。结果呢？皇帝并没有采纳他的建议，只是把他调到了南京，任司农寺主簿，以示皇恩浩荡。

演讲不成功，原因在哪里呢？不知道，说法很多，很显然皇帝也认为辛弃疾有才,但是对这个人可能打了一个问号,这就影响了他的命运。

他生命中有没有遇到贵人呢?真心赏识他的人在吗?有的。

淳熙元年,辛弃疾35岁了,他被聘为江东安抚司参议官,他的上级领导有一个叫叶衡的,对辛弃疾非常器重,认为辛弃疾慷慨有大略,堪当重任。叶衡后来做到了宰相,他一直在提拔辛弃疾。有一次他要高升了,辛弃疾就在一个叫赏心亭的地方为他送行,一方面是庆祝自己的伯乐升官,另一方面,他也是希望叶衡不要忘记自己。辛弃疾写了一首词,就是《菩萨蛮·赏心亭为叶丞相赋》。

菩萨蛮

青山欲共高人语,联翩万马来无数。烟雨却低回,望来终不来。

人言头上发,总向愁中白。拍手笑沙鸥,一身都是愁。

在这首词里,辛弃疾首先捧叶衡。辛弃疾说叶衡先生,你是超凡脱俗的高人,你登上赏心亭,好像无数的青山都有话来要向你倾诉，其实就是求赏识、求重用。"烟雨却低回，望来终不来"，我想要的那个东西，它始终没有到来，我没有被重用，头发都愁白，头发白了怎么办？只有"拍手笑沙鸥，一身都是愁"，你看那个沙鸥鸟，它也一身都是愁。辛弃疾这首词虽然在要官，但是不掉价，依然非常体面。这一年的年底，叶衡升任了右丞相兼枢密使，集军政大权于一身，他向皇帝举荐了辛弃疾。宋孝宗看在叶衡的面子上，把辛弃疾调入了户部，任仓部郎中。

这一年的六月，叶衡又推荐辛弃疾到江西去当提刑，节制诸军。当时一个叫赖文政的人带领几百名贩卖私茶的起事于湖北，流转于湖南、江西等地，号称茶商军。辛弃疾终于有了用武之地，他到了那里就招兵买马，把茶商军包围在深山里，切断他们同外界的联系，赖文政被包围了很久，弹尽粮绝后不得已出来投降。

辛弃疾怎么处置这些人呢？朝廷已经来了一纸赦令，不杀赖文政，辛弃疾还是立斩赖文政，将他杀死。我读到这段，还在想如果辛弃疾处于岳飞的那个境地，他会怎么样？岳飞被十二道金牌催回后被杀害，辛弃疾可能就不会落入这般境地，从他的性格可以看出来这是一个主意很大的人,想改变他非常困难。"将在外,不由帅",朝廷的命令到了,但我已经把这事干完了,你能奈我何?这一次平定茶商军之后,辛弃疾的官阶升了,但是他的争议更大了,接下来很快发生了一件事,辛弃疾所仰仗的叶衡被罢相。

辛弃疾的靠山倒了,这让他心情非常郁闷,这种心情,我们可以从一首词里看出来,这是最矛盾的词,叫《摸鱼儿》。

摸鱼儿

淳熙己亥,自湖北漕移湖南,同官王正之置酒小山亭,为赋。

更能消几番风雨。匆匆春又归去。惜春长怕花开早,何况落红无数。春且住,见说道、天涯芳草无归路。怨春不语。算只有殷勤,画檐蛛网,尽日惹飞絮。

长门事,准拟佳期又误。蛾眉曾有人妒。千金纵买相如赋,脉脉此情谁诉?君莫舞,君不见、玉环飞燕皆尘土!闲愁最苦。休去倚危栏,斜阳正在,烟柳断肠处。

写这首词的时候,辛弃疾40岁了,从南归那一日算起已有十七年了。这一次,他从湖北转运副使,调官到湖南。四年期间,他已改官了六次。这一次调任,他去干什么呢?照样是担任一个主管钱粮的小官,离杀敌上战场越来越遥远。如果用四个字概括辛弃疾这十七年的英雄梦想,就是事与愿违。

临行前,他跟自己的同事王正之在山亭下摆了一个酒席,辛弃疾提笔写了这首词,表面上看起来说的是美人伤春,蛾眉遭妒的故事,但实际上是忧时感世之作,感慨自己壮志未酬。"君莫舞,君不见玉环飞燕皆尘土",赵飞燕、杨玉环都是难得一见的千古美人,但再美好、再红极一时的人和事都会化为尘土。"闲愁最苦",我不得不接受,但依然不平,依然反抗。我读这首词,总会想起屈原的《离骚》,辛弃疾和屈原其实是一样的,心气极高,才艺超群,可总是靠边站。所以有人评论《摸鱼儿》说"肝肠似火,色貌如花",这八个字太精准了。

辛弃疾他的人和他的词就是这样的,他肠肚里面忠肝义胆,一团火,词作也真的是像花一样的绚烂,是怒放的感觉。这个人他永远在燃烧,但这火烧到哪儿呢?不知道,前途无路,一片苍茫。

淳熙七年,辛弃疾被调到现在的江西省南昌市担任江西安抚使。这个时候，江西遭遇了百年一遇的大旱，又是青黄不接的时节，奸商趁机囤粮，抬高米价，还发生了平民去抢商人粮食的恶性事件。辛弃疾作为这个地方的长官，他向来信奉的就是乱世须用重典，他挥舞着大棒，逮住所有作奸犯科的人，连司法程序都不走，全部当场斩头示众。

混乱很快就被平定了，但是后果很严重。辛弃疾的这种行为被很多人弹劾，御史说他"用钱如泥沙，杀人如草芥"。第二年的年底，辛弃疾被撤销了一切职务，仕途彻底幻灭，这一年辛弃疾42岁了。怎么办？转型，往哪儿转？稼轩居士就此登场。

1181年，辛弃疾无官无职，他回到上饶带湖，过起了田园生活，在这里，他成为了辛稼轩，将近十五年都过着半退隐的生活。

饶州城往北一里左右有一片空地，三面挨城，一面靠着湖泊，这是天然的风水宝地。辛弃疾还在做官的时候，有一次来这视察工作，一眼就看中了这个地方，他把这块地买下来，根据地势，在高的地方建房子，低的地方开辟水田，修建了一个大庄园，后来就住在这里。

这是真正的豪宅，有多大呢？超过十万平方米。

庄园的名字就叫稼轩，稼轩居士的号由此而来。庄园里有亭台楼阁、池塘园林，景色非常美，还有燕语莺声，辛弃疾蓄有一些姬妾，生活很奢侈，所以别人就指责他，好杀、好财、好色，这都坐实了，说这个人人品不行。辛弃疾也大方地承认说"自笑好山如好色"，我爱美色，简直就跟爱山水是一样的，我对美的东西就没有抵抗力。在这一段日子里面，辛弃疾已经彻底放飞。有些人离开高位，离开人群和热闹，会发现日子过不了，不知所措，非常惶惑。真正内心丰富的人是能够独处的，而且在任何时候都能自得其乐。在这一段家居生活中，我们又能发现辛弃疾有趣的灵魂，他跟山水花鸟、万物生灵对话。辛弃疾在带湖边上种下一排一排的柳树，插上很稀疏的篱笆。因为喜欢这个湖，他也就爱屋及乌，喜欢湖上的鸥鸟，发誓要跟鸥鸟结盟，说鸥兄鹭弟咱们拜把子吧，他拿着拐杖，脚穿麻鞋，在湖畔竟一日而千回，流连忘返。

他写了一首词《水调歌头》，"凡我同盟鸥鹭，今日既盟之后，来往莫相猜"，咱们现在已经成为兄弟了，以后就不能彼此猜疑，共进退，彼此交心。

这个交友观非常大气和浪漫，他认为诚信和忠贞是最重要的。那鸥鸟怎么回应他呢？那鸟，就站在水边,盯着鱼,一心想着怎么捉到鱼,对辛弃疾的美意不理不睬。辛弃疾在这里喝酒,写有一首《西江月》。

西江月

醉里且贪欢笑,要愁哪得功夫?近来始觉古人书,信著全无是处。

昨夜松边醉倒,问松我醉何如?只疑松动要来扶,以手推松曰去。

我喝醉了酒,哪有工夫发愁呢?最近才开始明白古书上说的一点用都没有。这里辛弃疾就是酒后狂生的语气,昨天醉倒在松树的边上,我耍酒疯欺负一棵松树,问人家说,你说说我醉成什么样了?还以为松树伸手要来扶我,用手一推说滚开。

这些描写都特别有趣,画面感很强,也很容易看出这个人的性情。辛弃疾还有一首词叫《丑奴儿近》,题下自序说"博山道中效李易安体",博山是一个地方,李易安就是李清照,这首词就算得上是辛弃疾跟李清照的梦幻联动了。

丑奴儿近

千峰云起，骤雨一霎时价。更远树斜阳，风景怎生图画？青旗卖酒，山那畔别有人家，只消山水光中，无事过这一夏。

午醉醒时，松窗竹户，万千潇洒。野鸟飞来，又是一般闲暇。却怪白鸥，觑着人欲下未下。旧盟都在，新来莫是，别有说话。

最后这几句看得我大笑，之前不是说辛弃疾跟鸥鹭结为兄弟，拜把子了吗？他这回再看见白鸥在天上盘旋，就怪人家说我们不是兄弟，你怎么不来跟我亲近亲近？你是不是新来的？怎么着，你有什么讲究，你有什么话说？

后面这几句很有意思，这和李清照说"争渡，争渡，惊起一滩鸥鹭"貌似，但其实很不同。作家潘向黎说读辛稼轩的词，真是目不暇接，刚刚看到他壮阔处龙腾虎跃，吞吐八荒，一转眼就见他柔情处有情有义，妩媚深婉。他劲气内敛，潜气内转，忽然他又粗枝大叶，别样风流。

读过这一首我就发现，一个人是不是幽默，一个人是不是能够苦中作乐，确实是个性使然。在上饶宁静的乡村，辛弃疾治愈了不平和悲伤，也就在这里，他写下著名的《西江月》。

西江月

明月别枝惊鹊,清风半夜鸣蝉。稻花香里说丰年,听取蛙声一片。

七八个星天外,两三点雨山前。旧时茅店社林边,路转溪桥忽见。

视觉、听觉、嗅觉几方面融合,写了夏夜的山村风光,情景交融,优美如画。可见真的美好的诗词,是特别有天然的亲和度的。

辛弃疾还有一首词我也非常喜欢,是《清平乐》。

清平乐

茅檐低小,溪上青青草。醉里吴音相媚好,白发谁家翁媪?

大儿锄豆溪东,中儿正织鸡笼。最喜小儿亡赖,溪头卧剥莲蓬。

这首词实在太可爱了,在文学史上,写家庭生活的词并不多见,辛弃疾留下的这首是千古名作,乡居生活中很简单的生活画面，你看这个情节安排。老大干什么，老二干什么，小儿子最可爱，躺在那儿，在水边剥莲蓬，不多的字把一片生机勃勃的农村生活，写得栩栩如生。

无论古今，很多中国人的心目中都有回归田园的梦想，其实就是对简单生活的向往。很多感情是相通的。辛弃疾的这首词，同样会唤醒我们想要跟大自然相处，用最朴素的方式来对待生活的情结。

在辛弃疾的这一段转型经历中，什么能够治愈他呢？唯有家人和自然能够治愈他所有的悲伤。然而这依然不是辛弃疾真正想要的。

辛弃疾能岁月静好吗？根本不能，在这么美好的田园里面闲居了七年，辛弃疾想的是什么？是复出。他在自己的一个叫瓢泉别墅的地方题了一首《贺新郎》。

贺新郎

甚矣吾衰矣。怅平生交游零落，只今余几！白发空垂三千丈，一笑人间万事。问何物能令公喜？我见青山多妩媚，料青山见我应如是。情与貌，略相似。

一尊搔首东窗里。想渊明《停云》诗就，此时风味。江左沉酣求名者，岂识浊醪妙理。回首叫、云飞风起。

不恨古人吾不见,恨古人不见吾狂耳。知我者,二三子。

这里面就有一句话,这世间"问何物,能令公喜"?什么东西能让你真正地高兴呢?然后奇思妙想奔涌而来,"我见青山多妩媚,料青山见我应如是。情与貌,略相似"。这青山多么美好妩媚,我猜这青山看见我也会同样惊叹,说这个人怎么跟我一样地美?情怀与共,形貌相似。

在辛弃疾的眼里,青山即是我,我即是青山。他不是陶渊明的那种物我两忘,"悠然见南山",他是惺惺相惜,融为一体,壮阔的山河和如此凌云壮志的我,本来是一回事儿。深情中的自负、自信,是让人长吸一口气的。

他的自信和自负来自哪里呢?他是一个英雄,单枪匹马,于万人之中杀敌,率八千义军志归南宋,忠心耿耿;他以笔为剑,是纵横于词中的蛟龙。所以他才有这个底气。

再看这首词的下阕,"回首叫云飞风起",这个底气给了他什么样的排面呢?"不恨古人吾不见,恨古人不见吾狂耳",我不遗憾见不到那些我心仪的古人,曹操、刘备那些英雄,我跟你见不着,晚生了这么多年没什么好遗憾的,你们应该很遗憾见不到这么豪迈的我。我身边真正知道我的只有那么几个人,"二三子",壮志难酬,这是辛弃疾人生中最为遗憾的。可是这些苦闷不会泯灭他的自我认知,不管遭遇什么,他始终认为自己是有价值的,自己的生命是要燃烧的。

处于这种境况,报国无门,而且始终无门,辛弃疾到底什么感受?有一首词《丑奴儿》言其心声。

丑奴儿

少年不识愁滋味,爱上层楼。爱上层楼,为赋新词强说愁。

而今识尽愁滋味,欲说还休。欲说还休,却道天凉好个秋!

少年时我读这首词非常难过,觉得自己怎么那么不如意呢?我还真的把这首词抄好多遍。可是真的到了现在,再回想那个年少的我,觉得遇到的困难不过如此。可是那时候那么年轻,对比如今又不免伤感。

人不是在时光流逝中老的,人是在等待,在被消耗的状态中,慢慢老去的。对辛弃疾来说,这一个愁字就贯穿了一生,岁月老了,人也老了,心愿还是不能实现,可是到了这个年纪,不能实现的心愿怎么办呢?他"欲说还休",你发现他还是有自己的硬气,他不是忘了,也不是算了,是不说了。不被理解,不被关心,在冷落中一再坠落,而且是没有尽头地坠落,这让人感到非常孤独。这种心态和诗人布莱希特很像。我特别喜欢布莱希特,他有一句诗说:"这是人们会说起的一年,这是人们说起就沉默的一年。"一言难尽,欲言又止,在有话要说和终于沉默之间,辛弃疾给我们留下了一篇经典。即便过去了近千年,它依然能够引发很多中年人的共鸣。

辛弃疾最后的那段岁月,是英雄的落幕。南宋嘉泰年间,草原上的蒙古部落日渐强大起来。金国一方面要提防蒙古族,另一方面要防备来自南宋的反击,可以说腹背受敌、乱象丛生。

当时南宋有一个总揽军政大权的人,叫韩侂胄(韩相),他看到了这一点,趁机想要北伐。他想到了辛弃疾,认为辛弃疾这人是能当将帅的。此时,辛弃疾多大了? 64岁了,古人的寿命都不是很长,人到七十古来稀,很少有人能活到70岁。

64岁的辛弃疾被重新起用,这让他非常意外,他很惊喜,人生到了收尾的阶段,竟然能够实现收复中原的愿望了。他非常珍惜最后的机会,第二年的正月,辛弃疾就上任了,转任两浙西路镇江府知府,驻守在京口,就是现在的江苏镇江。

甫一上任,他对士兵进行系统的军事训练,努力提升部队战斗力,定制了一万套军服,还想要再招募一万个士兵,组建一支战斗力很强的军队。但是非常可惜,作为一个备受争议的人,辛弃疾又被弹劾了,说他"好色贪财、淫刑聚敛"。由于阻力太大,他又被弃用,再次回到铅山去闲居。第二年年初,金军大将病死军中,形势对南宋很有利,宋宁宗就跟韩相掰着手指细数却发现南宋可以带兵打仗的将领少之又少,不是败将就是逃兵,想来想去又想到辛弃疾。

"其才任重有余",秋天,皇帝一道圣旨颁给辛弃疾,任命他为枢密都承旨,速到临安,准备上战场。但这个圣旨到达铅山的时候,辛弃疾已经病重卧床不起了,他根本就没有办法回到朝中。1207年的十月三日,辛弃疾带着忧愤离开人世,临终时还大声喊着:"杀贼!杀贼!"

壮志未酬身先死,辛弃疾有一首词同他的人生一般豪爽、悲凉。明代的文学家杨慎将这首词列为辛弃疾词中的第一名。辛弃疾写这首词的时候已经66岁了。

永遇乐

千古江山,英雄无觅孙仲谋处。舞榭歌台,风流总被雨打风吹去。斜阳草树,寻常巷陌,人道寄奴曾住。想当年,金戈铁马,气吞万里如虎。

元嘉草草,封狼居胥,赢得仓皇北顾。四十三年,望中犹记,烽火扬州路。可堪回首,佛狸祠下,一片神鸦社鼓。凭谁问:廉颇老矣,尚能饭否?

这首词真的是义重情深,他一共用了五个典故,写尽自己的壮志和忧愁。他一生都盼望着去北伐,盼望着北伐能够成功,可是这个愿望始终没有实现。到了66岁,他对未来到底能不能打仗,能不能打赢充满了担忧。

辛弃疾曾经预言金国60年必亡,结果62年,金国确实亡了。他曾经担心南宋和金国相持不下,会有第三方强敌崛起,南宋也会大祸临头。结果怎么样呢?预言应验了,蒙古崛起,先灭了金,后灭了南宋。那是1279年发生的事情了,辛弃疾墓木已拱。

辛弃疾是一个被梦想抛弃的人,所以每一个有梦想但一再在现实中受阻的人,都能够理解辛弃疾的悲伤。被罢黜的时候,他自己开辟了一个世界,鸥鹭为盟,松竹为友，花鸟为亲。在他断断续续被任用的二十多年里，他有6次被御史弹劾，37次频繁调动。可是怎么样呢？这些挫败、不顺、委屈，他不甚在意，如果能够得到为国为民的机会，哪怕只有一寸之地，辛弃疾也要让自己的光芒覆盖它，这就是英雄本色。

图书在版编目（CIP）数据

春山可望:十首诗词讲透一个人/李蕾著. -- 上海：上海文艺出版社，2023
（2024.2重印）
ISBN 978-7-5321-8793-5

Ⅰ.①春… Ⅱ.①李… Ⅲ.①诗人－人物研究－中国－古代
Ⅳ.①K825.6
中国国家版本馆CIP数据核字(2023)第125278号

发 行 人：毕　胜
策 划 人：杨　婷
特约策划：路　燕
责任编辑：李　平　程方洁
装帧设计：胡　枫

书　　名：春山可望:十首诗词讲透一个人
作　　者：李　蕾
出　　版：上海世纪出版集团　上海文艺出版社
地　　址：上海市闵行区号景路159弄A座2楼　201101
发　　行：上海文艺出版社发行中心
　　　　　上海市闵行区号景路159弄A座2楼206室　201101 www.ewen.co
印　　刷：上海雅昌艺术印刷有限公司
开　　本：787×1092　1/32
印　　张：6.125
字　　数：95,000
印　　次：2023年8月第1版　2024年2月第3次印刷
Ｉ Ｓ Ｂ Ｎ：978-7-5321-8793-5/I.6934
定　　价：58.00元
告 读 者：如发现本书有质量问题请与印刷厂质量科联系　T:021-68798999